ヘビ、ハチ、ムカデは至宝を隠す

BY HAMAYA SUBARU

浜矢スバル

Snakes, Wasps, And Centipedes Hide The Greatest Treasure.

ヘビ、ハチ、ムカデは至宝を隠す

装画●爽々
装丁●Donut Studio

「ヘビ、ハチ、ムカデ、それに出雲大社《いずもおおやしろ》。これらから思い浮かぶ事はないでしょうか？」

一瞬、私は女性の言葉を聞き違えたのかと思いました。

ヘビ、ハチ、ムカデ。それぞれ毒を持ち、時には人に害を与える危険な生き物。

目の前の洗練された女性の口から、そんな危険な生き物の話題が出るとは思えなかったのです。

「突然、変な事を言って申し訳ありません」

女性が申し訳なさそうに謝罪します。

それは、一三〇〇年以上も前の古き書物に記《しる》された秘密。この国を形造った人物の忘れられた記憶を私が知る発端《ほったん》となる出来事でした。

＊　＊　＊

覚えているのは、セミの鳴き声。

立《た》ち眩《くら》みしそうな陽光と、故郷の夏特有の乾いた空気。剪定《せんてい》もされないまま、あらぬ方向に枝を伸ばしたアオダモ、ナツツバキ、それに私が名も知らぬ庭木。

そこは十年前の私の実家の庭。晴れた日の午後。

私は幼馴染《おさななじみ》の陸《りく》と一緒に、我が家の勝手口の上の庇《ひさし》を見上げていました。

庇の軒裏《のきうら》に、ハチの巣――アシナガバチの巣が出来ていたのです。

その灰色で釣鐘型《つりがねがた》の巣の下側に、多くのハチが蠢《うごめ》いています。

「セグロアシナガバチかな」

陸が巣を見つめながら言いました。

「まだ小さいけど、これから大きな巣になるよ」

この時陸は、半ズボンにTシャツ姿。手に虫取りの網。熱中症対策用のスポーツドリンクが入ったペットボトルを腰に下げていたのを覚えています。

私の頭には、小さなコサージュが付いた帽子。胸元に刺繍《ししゅう》の入った白いワンピース。子ネコのイラストのついたポーチ。

女の子はこんなものを好むだろうという周囲の大人《おとな》、とりわけ父の考えで、避暑地のお嬢様のような格好《かっこう》をさせられていたのです。姉ならまだしも、私には似合いもしないのに。

私達の目の前を一匹のハチが、飛び去って行きました。

その名の通り後ろ脚が長く、腰がくびれて細く、薄い羽根が輝いていて――それは繊細《せんさい》で美しく、でも、時々人を刺す危険な生き物です。

小さな生命を眺めていた私の耳に、庭の砂利を踏む音が入り込みます。

振り返ると、強い日差しの中に一組の初老の男女が佇《たたず》んでいました。

「こんにちは」

男性が、私達に挨拶《あいさつ》をします。

額に汗が光っていました。日差しが眩《まぶ》しいらしく、少し顔を顰《しか》めています。白いワイシャツの上に麻のジャケットを羽織り、白髪《しらが》混《ま》じりの頭に夏向けの中折れの帽子。

女性の方はベージュのワンピース姿、染められているらしい品のいい栗色《くりいろ》の髪に、夏向けのつば広の帽子です。

ええ。私はこの人達を知っています。

年に何度か我が家にやってくるご夫婦で、お祖父《じい》ちゃんのお友達。名前は確か『しのみや・しゅうすけ』『しのみや・みさこ』と言ったはずです。

「お祖父さんはいるかな」

「福一郎《ふくいちろう》先生なら、母屋《おもや》にいます」

陸が二人に向かって頭を下げ、母屋の方に手を向けました。この幼馴染は、小さな頃からやたらと礼儀正しいのです。

「そうか。ありがとう」

男の人が笑顔で言いました。

「何を見ているの」

女性が私の傍《そば》まで歩みよってきました。

「ハチです。アシナガバチ」

陸が頭上の巣を指さしました。

「ハチの巣か」

「まあ、怖い。悪戯《いたずら》しちゃダメよ」

そう言いながら、女の人が私のすぐ傍でしゃがみこみます。

視線が私と同じ高さになりました。

また、一匹のハチが飛び去って行きます。微《かす》かな羽音が、私の耳に届いた気がしました。

「漆《うるし》だよ。知っているかな」

男の人の唐突《とうとつ》な言葉は、目の前の光景とはまるで関係のないように思えました。

「漆というのは、木の漆ですか」

陸が堅苦しい言葉で聞き返します。

「そう。漆」

男の人が笑顔で言います。

ツタウルシにヤマウルシ、ハゼノキ——田舎《いなか》で野外に出る事の多い子ならば、大抵《たいてい》、周囲の大人達から漆とその近縁の木々の危険性について聞かされるでしょう。これらは、近づいてはいけない木。触ると肌がカブレる危険な木。

漆は呪《のろ》われた木、魔物に魅入《みい》られた危険な樹木。当時、私はそんな事を信じていました。漆に触れる事で、肌がカブレてしまった人を見る機会が度々《たびたび》あったからです。

私には、それが『呪い』にしか思えませんでした。これらの樹木には触れないのが自然の掟《おきて》。その禁忌《きんき》を破って触れた者が呪われる。

漆の危険を、幼い頭でそのように解釈していたのです。

その木の樹液が塗料として『漆器《しっき》』に使われる、つまり人の役に立つという事を知ったのは、随分と後の事です。

男の人が、私のすぐ後ろでハチの巣を指差しました。

「見えるかな。ハチの巣の付け根」

「ツケネって、あの黒いところ？」

巣の一番上、壁と巣の接点になっている黒くくびれた所でしょうか。

男性が頷《うなず》きました。

「そう。あの根っこにはね、漆が使われているんだ」

「ホント？」

「本当だとも」

そっか。そうなのか。私はその言葉に妙に納得しました。

漆は人に害をなす樹木。ハチもまた人に害をなす危険な生き物。

きっと、ハチは何らかの方法で「漆の呪い」を我が物にして武装している——お祖父ちゃんのお友達の言葉は、子ども心にも腑《ふ》に落ちるものでした。

強い日差し。乾いた空気。白い帽子にブラウス。汗とセミの声。

幼馴染に、祖父の友人の不思議な言葉。

これは、夏の日の思い出。

アシナガバチの巣を見かけると思い出す、私の幼い頃の記憶です。

＊　＊　＊

故詔命《かれみこと》のまにまにして須佐之男命《すさのをのみこと》の御所《みもと》に参到《まゐいた》れば其《そ》の女《むすめ》須勢理毗売《すせりびめ》出《い》で見《み》、目合為《めあはせし》て、相《あ》婚はむと還《かへ》り入り、その父に白《まを》して言《まを》さく、「いたく麗《うるは》しき神来たり」とまをす。爾して其の大神出で見て、告《の》りたまわく、「此《こ》れは葦原色許男命《あしはらしこをのみこと》と謂《い》ふぞ」とのりたまふ。

喚《よ》び入れて、其の蛇《へみ》の室《むろ》に寝《ね》しめたまふ。是《ここ》に其の妻《め》須勢理毗売命、蛇のひれを以ち、其の夫《を》に授《さづ》けて云はく、「その蛇咋《く》はむには、このひれを以ち三たび挙《ふ》り打ち撥《はら》ひたまへ」といふ。

故教への如《ごと》くせしかば、蛇自《おの》づから静まりぬ。故平《やす》く寝《い》ね出でましつ。

また来《く》るつ日の夜は、呉公《むかで》と蜂《はち》との室に入れたまふ。

また、呉公と蜂のひれを授け、教ふること先の如し。故平く出てましつ。

そこで、おっしゃるとおりに須佐之男命の御許に参上したところ、その娘の須勢理毗売が出て見て、目と目を合わせただけで結婚を言い交わした。姫は家に還り入り、父に申して、「たいそう立派な神が来ています」と言った。そこでその大神が出て見て、「これは葦原色許男命という神だ」とおっしゃって呼び入れて蛇の室に寝させた。

そこで妻の須勢理毗売命が、蛇の領巾《ひれ》をその夫に与えて、「室の蛇が噛《か》みつこうとしたら、この領布を三度振って打ち払いなさい」と言った。そこで大穴牟遅神《おおあなむぢのかみ》は安らかに寝て出ておいでになった。そこで教えのようにしたところ、蛇は自然と静まった。

また次の日の夜は、蜈蚣と蜂の室にお入れになった。妻の須勢理毗売命はまた蜈蚣と蜂の領布を与え、前のように教えた。

そのため大穴牟遅神は無事に出ておいでになった。

新版　古事記　中村啓信（角川ソフィア文庫）

＊　＊　＊

「論文が――父の論文がないのです」

篠宮奈流美《しのみやなるみ》と名乗った女性が言いました。

「誰かに盗まれたのではないかと、私は疑っています」

「それは穏やかではありませんね」

私の父が答えます。

伏せられていた女性の目がこちらに向きました。

ショートボブの前髪の間から見える額が広く、鼻筋が通っています。勝気に見える眉《まゆ》のメイクも強めのルージュも、この女性の凛《りん》とした雰囲気にはまっています。

着ているスーツは上品な濃いグレー。その下のシャツは淡《あわ》いブルー。脚の長さが強調されるタイトスカート。三十代の半《なか》ばのはずですが、とてもそうは見えません。

なんとカッコいい人なのか。

都会的で洗練されたその姿は、線香の煙が漂い、古い畳の敷かれた我が家の仏間には、到底《とうてい》、似つかわしくありません。

「ヘビ、ハチ、ムカデ、それに出雲大社。これらから思い浮かぶ事はないでしょうか？」

一瞬、私は女性の言葉を聞き違えたのかと思いました。

それぞれ毒をもち、時には人に害を与える危険な生き物。

目の前の洗練された女性の口から、そんな生き物の話題が出るとは思えなかったのです。

「突然、変な事を言って申し訳ありません」

女性が、申し訳なさそうに謝罪します。

「ヘビ、ハチ、ムカデというと、生き物の？」

父が聞き返します。

「ええ、おそらくは」

「出雲大社というと、島根県《しまねけん》にある大きな神社ですよね」

「そうです。これらから何か思いつく事はないでしょうか。それをお聞きしたくて、今日はこちらにお邪魔したんです」

「まずは座敷にどうぞ。詳しいお話はそこで」

父が簡潔に言いました。

「翡那《ひな》。ご案内して」

奈流美さんが立ち上がりました。

腰の位置が高い、足が長い。スタイルが良いのがわかります。

女性に会釈し、落ち着いた様子を取り繕《とつくろ》って引き戸を開きました。

お客様をお連れしながら、仏間から座敷の前までの廊下を踏むと、一歩ごとに床が軋《きし》んで音を立てます。

ちょっと恥ずかしくなりました。

私の体が重いわけでは無いのですよ。家が古いのです。

いや、まあ、床が軋むほど家が古いのというのは、それはそれで恥ずかしいのですが。

「翡那。ちょっと」

女性を座敷に入れ、続いて私が入ろうとすると、父が後ろから目配《めくば》せしてきました。

「あの女の人の事、分かってるかい」

父の小声に、私も小さな声で応じます。

「素敵な人だよね。大人っぽくて、洗練されていて」

「いや、違う」

「違わないよぉ。あの人、とってもカッコいいじゃない」

「いや、そういう事を言っているんじゃない」

父が焦《じ》れたように顔を顰めました。

「え、何、どういう事？」

「あの女性は総務省のキャリア官僚らしいんだ」

「東京のエリートのお役人って事？　すごい。ますます素敵」

「いや、まあ、そうだが――本当に、分かってるのか？」

咎《とが》めるような口調です。どうも、あの女性は容姿が優れているだけではなく、社会的地位も高いと強調したいようです。

「分かっているつもりなんだけど」

「総務省は地方自治を管轄《かんかつ》する省庁だ。市役所の連中に、くれぐれも機嫌《きげん》を損《そこ》ねてくれるな、と念を押されている」

父の表情は、どこか面倒そうです。

「市役所の不興を買うと、私の仕事にも支障がある。粗相《そそう》のないようにな」

「勿論《もちろん》。あんな素敵な女性に粗相なんかしませんせん」

私は、鼻息も荒く断言しました。

「――すいません。お話は終わりましたか」

涼やかな声が、割って入ります。

座敷の入り口から、奈流美さんが整った顔を覗《のぞ》かせています。

「衿角《えりすみ》さん。お迎え頂いてありがとうございます。帰りは、自分で何とかしますから」

「いや、よろしければ、お帰りも駅までお送りいたしますよ」

「今日、ここに伺ったのは私用なんです」

魅力的な微笑《ほほえ》みを浮かべながら、女性が話します。

「仕事で面識のあった、新潟《にいがた》の県庁の方に糸魚川《いといがわ》への交通手段をお聞きしたら、市役所に連絡が行って、衿角さんに送迎までして頂いて。でも、これ以上ご面倒をおかけするわけにはいきません」

「いえ、お帰りもお送りします。このご送迎も個人的な厚意と思って下さい」

父が若い女性に頭を下げています。職場では役職についている結構偉い人なのに。

社会人はなんだか色々大変そう。私にこういう事が出来るかなぁ。

大学卒業後の生活に一抹《いちまつ》の不安を覚えます。

＊　＊　＊

ローテーブルの上に置いた麦茶のコップに、水滴が付いています。

部屋の片隅に置いた冷風機が、耳障《みみざわ》りな音を立てて自《みずか》らの存在をアピールしていますが、座敷の中はそれほど涼しくなっていません。

女性が髪をかき上げて、左手首の華奢《きゃしゃ》な腕時計に目をやります。香水なのでしょうか。良い香りが漂ってきました。長い睫毛が嫌でも目に付きます。

私は、胸ポケットに入れていたスマホをお尻《しり》のポケットに移し替えました。スマホの後ろにノコギリクワガタのシルエットステッカーを貼《は》りつけていたからです。

私の内心を知ってか知らずか、奈流美さんが、こちらを向いて微笑みました。

「申し遅れましたが」

名刺入れから名刺が差し出されます。

一連の所作が、とても流麗《りゅうれい》。茶道とか華道みたいに『名刺交換道』なんて習い事があれば、この人、きっと師範代《しはんだい》クラスです。

「以前から、衿角先生のお宅にお伺いしたいと思っていました。今日は、出張の帰りに寄らせて頂いたんです」

「では、私も」

父も自分の名刺を持ち出しますが、あまり手際《てぎわ》が良くありません。

駄目ですね。この人には名刺交換道の段位はあげられません。

「よろしければ、どうぞ」

私の目の前にも、名刺が差し出されました。

「すいません。あの、私、まだ学生で名刺を持っていなくて」

頭を下げながら、名刺を押し頂きます。

私は大学生。そろそろ就職活動にはいる時期。学内の就職対策の担当者から、名刺交換のやり方なども教わっているのですが、自分の名刺はまだ持っていません。

「それなら、代わりに握手してもらおうかな」

悪戯っぽい微笑みと同時に、名刺を持った私の手が奈流美さんの両手で包まれます。先ほどより強い香りが、私の鼻孔《びこう》をくすぐりました。

「お掛《か》け下さい」

お客様に父がソファを勧めます。

「失礼します」

見目麗《みめうるわ》しき女性が、余裕のある笑みを浮かべ、上着を脱いで手早くたたみ膝の上に乗せます。

上着の下から顕れた白いブラウスが、優雅な曲線を抱いていました。

父が一つ咳払《せきばら》いして、ソファに座りそれから口を開きます。

「伺っていたのは、奈流美さんのお父様――篠宮教授とうちの親父の研究とを比較されたいというようなお話でしたが」

「うちの父の専門は宗教学、中でも宗教史という学問でした。こちらの衿角先生の研究と共通する部分があったようなのです」

「親父の研究と、ですか」

「十年ほど前から、父は一つの論文を書き始めました。自分の研究をまとめた集大成と言えるもの。出雲大社の秘密を解き明かすもの――と、父はそう話していたんです」

出雲大社というと、そこで祀《まつ》られている神様は大国主神《おおくにぬしのかみ》。我が糸魚川の女神、奴奈川姫《ぬながわひめ》への求婚譚《きゅうこんたん》が伝わっている神様――そんな記憶が、私の頭を掠《かす》めました。

「研究者の認識を塗り替える画期的な論文だ。社会の多くの人が注目するものだ――父はそう繰り返し話していました。ただ、具体的なその内容については、大学の研究室の人達にも、家族である私達にも教えてくれませんでした」

「どこも同じですねえ」

私の父が苦笑いします。

「うちの親父もそうでした。自分の研究について知らせてくれなかった。本職の学者さんなら尚更ですよね」

「ええ、その――父は」

「どうかしましたか」

「四月――今年の四月です」

奈流美さんが口ごもり、その表情が、沈んだものとなります。

「今年の四月――父が事故に遭《あ》いました」

整った口元が締まります。声が、ひどく小さくなりました。

「交通事故です。大学のすぐそばの交差点で、車に撥《は》ねられたんです。もうすぐ論文が書きあがると言っていた矢先に――」

「お怪我《けが》は、どうだったのですか」

「亡くなりました。脳挫傷《のうざしょう》で――事故から三週間ほどで、意識不明のまま」

平坦な声の答えでした。

「あの――それは、ご愁傷様《しゅうしょうさま》です」

うちの父が、間の抜けたお悔やみを言います。

「お気になさらず。心の整理はついています」

夏の日射しの中、うちの庭で隣にしゃがんで、一緒にハチの巣を眺めていた品のいい紳士の横顔が目に浮かびました。

「あ、あの、お父様――篠宮教授、何度かこの家にいらして下さった事がありますよね。覚えていますよ。私が小学校の頃かな」

「父は、衿角先生の大学の後輩にあたります。随分と仲良くさせて頂いていたようです」

奈流美さんが、テーブルに置かれたコップに手を伸ばし麦茶に口を付けました。

「事故は十年ほど前から書いていた論文が、完成すると言っていた矢先の事でした。これが父の最後の論文――父は自分の研究の集大成になると言っていました。今からでも、この論文を発表出来ないかと、私はそう思っているんです。ただ――」

女性が下を向き、溜息《ためいき》をつきます。

「法事を終えて生活が落ち着いた後に、父のパソコンを調べたのですが、論文が――書かれていたはずの論文が見当たらないのです。その資料や草稿《そうこう》にあたる文章も」

奈流美さんはそう言うと、手にしていた麦茶のコップをテーブルに置きました。

「私は、論文が誰かに盗まれたと考えています。しかし、弟はそうは思っていないようです」

「弟さんですか」

奈流美さんが頷きました。

「父とは専門が違いますが、弟も学者なんです」

その眉間《みけん》に皺《しわ》が寄ります。

「盗まれたというよりも、父のミスで紛失したと考えるべきだと、弟はそう言います。あるいは、その――論文が、そもそも書かれていなかった事もありうると」

私の脳裏《のうり》に、幼い頃に会った篠宮教授の姿が再び浮かびました。

「でも、私にはそうは思えない――出雲大社の謎《なぞ》を解決する。父は自分の論文について、長い間、私達にそう語っていました。何年もかけて、じっくりと書き続けていると。それが嘘《うそ》だったとは思いたくない」

女性の顔が伏せられました。

「ヘビとハチとムカデ」

またも物騒な生き物の名前が出てきます。

「お酒が入った時などに、父は論文に関わる内容を断片的に語ったことがあります。ヘビ、ハチ、ムカデ、それらが論文に関係していると」

奈流美さんの視線が上がりました。

「ヘビ、ハチ、ムカデ、それに出雲大社。これらから思い浮かぶ事はないでしょうか？」

私の父が、一つ咳払いをしました、

「そういう事でしたら、息子がお役に立つかもしれません」

「息子さんですか」

「息子といっても、もう一人の娘の婚約者なんですが。ええ、家族の中で、親父の研究を一番良く理解していますから」

その口調は何処《どこ》か誇らしげです。

「翡那、陸を呼んできてくれ。今、裏庭で、砥《と》ぎの練習をしている筈《はず》だ」

私はソファから立ち上がりました。

「砥ぎの練習——というと」

奈流美さんが怪訝《けげん》そうな声を上げます。

「刀を砥ぐ練習です。うちは、代々糸魚川で刀剣の売買をしていた家系なんです。刀の砥ぎ方にも独自のやり方が伝わっていて。今、息子にはそれを教えている最中なんです」

＊　＊　＊

ここは、新潟県糸魚川市。

新潟県最西端の日本海に面する土地。

奈流美さんの言う衿角先生とは、私の亡くなった祖父、衿角福一郎の事。元は中学校の校長先生で、仕事を退職した後、郷土史家として活動していた人です。

本職の学者ではありませんが、地元の郷土史の研究会に所属して、地元の新聞や歴史関連の出版物に寄稿し、近辺のお寺や神社、図書館で歴史や自然、文化などの資料を漁《あさ》ったりしていました。他にも、地域の子ども会の父兄と協力して、小学生を集めて史跡を巡《めぐ》ったり博物館を訪ねたり、地域に自生している樹木を調べたり――とにかく、そんな活動をしていたのです。

祖父は、特に二つの分野についてこだわっていました。

一つは江戸時代の糸魚川藩《はん》について。もう一つは朝廷や天皇家の成立と古来より皇位が継承される際に用いられてきた勾玉《まがたま》、鏡、剣という三つの秘宝――三種の神器《じんぎ》について。

祖父は自分の研究した内容を、元号が変わった年、つまり、天皇陛下がお代替わりした際、発表するように言い残して祖父は亡くなりました。

父は遺言に従って、その研究を元号が令和に替わった年、郷土史の研究会の機関誌に発表しました。そして祖父が生前交流のあった方々に、その機関誌を送付したのです。

機関誌を送付した内の一人が、篠宮秀介《しゅうすけ》さん。

奈流美さんのお父様であり、祖父の大学の後輩でもあった方。

こちらは本職の学者さんで、大学の教授です。学生だった頃から祖父と親交を重ねており、ご夫婦で糸魚川にある私の実家にいらした事もありました。旧交を温めるというだけでなく、御自身の研究について祖父と語り合っていたのだと思います。

糸魚川は、北陸道《ほくりくどう》に千国街道《ちくにかいどう》が繋《つな》がる日本海沿岸の交通の要衝《ようしょう》。明治以前は清崎城《きよさきじょう》松平家《まつだいらけ》一万石の城下町でもありました。

わが衿角家は、元はこの糸魚川藩の商家。

藩内のお武家様に刀剣を売る仕事をしていたそうで、最盛期には、新潟や富山《とやま》方面へも刀剣を売り捌《さば》いていたといいます。

ただ、江戸時代も半ばを過ぎると刀剣に対する需要は少なくなり、先祖の仕事は、もっぱら近隣の農家を巡って、鎌《かま》や鍬《くわ》などの農具の手入れをする事になったそう。

戦前まで、刃物を砥ぐことを生業《なりわい》としていた砥師《とぎし》とよばれる人々がいて、家々をまわり農具や包丁などの刃物の研磨をしていたといいます。その中でも、刀剣の砥師は一目置かれる存在だったそう。日本刀の砥ぎには特殊な作業が多く、他の刃物の砥師と兼業している例はあまり無かったとされています。我が家の先祖は、そういう数少ない兼業の砥師だったわけです。

我が家には、日本刀に槍《やり》、幾つもの砥石《といし》など、往時の生活を偲《しの》ばせる品々が受け継がれています。これらの武器の手入れの方法も定められていて、姉と結婚する予定の陸は、その手入れの方法、つまりは『衿角流』の刀の砥ぎ方を、父に教え込まれている最中なのです。

＊　＊　＊

「りーーく、お客さん、お客さんだよ」

屋外の水道の前、こちらに背を向けて立っている幼馴染に叫びます。そのまま駆け寄り、左肩をその背中にぶつけました。

私のタックルで、私の義兄《あに》になる予定の人物——陸の身体《からだ》が前につんのめります。

「女の人。すごくカッコいい人」

「翡那、危ないよ。僕は刃物を持っているんだから」

油性ペンを持った右手で、眼鏡を正しい位置に戻しながら陸が言いました。

左手には三徳包丁《さんとくぼうちょう》が握られています。包丁の刃に線が垂直に何本か書き込まれていました。

これは刃物を砥ぐ初心者がやる方法。

こうすることで、刃が均一に砥げているかを視認出来るのです。

「お客さん。綺麗《きれい》な女の人。カッコよくて、毅然《きぜん》としていて素敵なの」

私は乱れた呼吸のまま、声を張り上げました。

「お祖父ちゃんの研究のこと知りたいって。総務省に勤めているエリートで、お父さんも弟さんも学者さんだって。ご家族そろって優秀なんだ」

私の話を聞きながら、義兄は包丁の刃の部分に油性ペンで印をつけています。

もう、この態度は何なのでしょう。人がこんなに一生懸命《いっしょうけんめい》話しているのに。素晴らしい女性に出会った私の感動が、まったく伝わっていないようです。

「奈流美さん。女の人、すごくカッコいい人」

「翡那、落ち着いて。話が見えないよ」

私は、貰った名刺を差し出しました。

「篠宮さん――というと、篠宮教授のご家族かな」

「知っているの？」

「奥學館大《おうがっかんだい》の教授で、福一郎先生と交流があった方だよ。だいぶ前に、ご夫妻にこの家の庭先でお会いしたことがあったよね」

「なんだ、陸も覚えているんじゃない。そう。その篠宮教授の娘さんなんだって」

整った顔と微笑み、それに、つい先ほど握られた手の感触が蘇《よみがえ》ります。

「香水なのかな。握手された時、すごくいい香りがしてさ。お洒落《しゃれ》でキマっているの。ああいう女性が私の理想。憧《あこが》れるの。私もあんな人になりたい」

思わず口から吐息《といき》が漏《も》れます。

「アイドルとかの握手会に行くオタクの人を『馬鹿だなあ』なんて思っていたけど、ごめん。反省します。私、今ならドルオタの気持ちも理解出来るよ」

「翡那」

水を張ったバケツから砥石を取り出しながら、陸が強めの声を出しました。

バケツの中には、他にも幾つもの砥石が入っています。これらは、少しずつ粒度《りゅうど》の違うもの。この違いで研磨する刃物の仕上がりが変わるのです。

「お客さんが来ているんだね」

「そう」

「で、そのお客さんが、篠宮教授の娘さんで、とても素晴らしい女性なんだね」

「そうよ。説明してるでしょ」

「そこまでは理解したよ。それ以降が分からない。この名刺には、総務省自治行政局と書いてあるけど」

「それだけ分かっていれば十分。とにかく来てよ」

私は、陸のシャツの肘《ひじ》を引っ張りました。

「包丁を砥ぐ間、少し待ってもらえないかな?」

「駄目。無理。却下。待てない」

刃物の砥磨の基本は、粒度の粗《あら》いものから細かいものへと、次々に砥石を替えながら砥いでいく事。日本刀と同じ要領で、砥石を替えながらこの包丁を砥いでいけば、とても「少し」の時間では済まない事は分かっています。

そんなに長い間、あの人を待たせるわけにはいきません。

「とにかく来てよ」

シャツの袖口《そでぐち》を更に強く引きます。

「危ないって」

「来るの。来ないの」

「わかった。わかったから放してよ。すぐ行くからさ」

＊　＊　＊

わが故郷糸魚川には、かつて、ヌナガワヒメという、美しく、しかも頭の良い女神が住まわれていたといいます。彼女の噂を聞き付けた、建国の神、オオクニヌシが遠い国からこの地を訪れ、女神の住まいの外から情熱的な愛の歌を詠《よ》み、女神もまた嫋《たお》やかな歌で応じ、二柱《ふたはしら》の神は結ばれた——日本最古の歴史書、古事記に描かれたは、古《いにしえ》の神々の恋愛模様です。

また、この地は日本の国石である宝石、翡翠《ひすい》の産地でもあります。

糸魚川市は『糸魚川静岡構造線』という本州を横断する地質境界線の上にあり、しばしば珍しい石が見つかるのです。

翡翠には硬玉《こうぎょく》、軟玉《なんぎょく》の二種があります。見た目はそう違わない二つの鉱物は、実は化学組成からすれば全くの別物。通常、宝石として扱われるのは硬玉だけです。

糸魚川の翡翠は硬玉。

その硬度は六・五～七。靭性《じんせい》も高く、宝石の中でも特に割れにくいものだそう。

そのため、この宝石は装飾品としてだけではなく、道具としてかつて世界各地で様々な加工がなされてきました。

世界最古の翡翠の加工は、縄文時代中期、約五千年前から糸魚川において始まったとされています。市内にある国の史跡、長者ケ原《ちょうじゃがはら》遺跡では、沢山の翡翠が加工された形跡が見つかっています。弥生時代・古墳時代、糸魚川の翡翠は装身具や勾玉などに加工され、交易を通して日本各地、さらには朝鮮半島にまで運ばれました。

私たちの郷土は、翡翠などの石器の加工工場であり、その交易拠点だったのです。

ヌナガワヒメは、この地の交易を司《つかさど》る女神だったとも言われています。

オオクニヌシとヌナガワヒメが結ばれたということは、つまり、ここ糸魚川にあったクニが出雲の政権の傘下になったというかつての出来事が反映されている。

ええ、私はそう祖父に教わりました。

＊　＊　＊

「確認しておきたいのですが」

私の義兄——陸が用心深い口調で語り掛けました。

「パソコンの『ごみ箱』の中は探したんですか」

座敷に来た後、陸は奈流美さんと型通りの挨拶を交わし、名刺交換をし、それから篠宮教授の論文について私と同様に説明を受けました。

因《ちな》みに、陸の名刺の扱《あつか》いは、奈流美さんに較べて明らかに不器用で——駄目ですね。父と同様、この人にも名刺交換道の段位はあげられません。

「勿論、探しました。でも、ごみ箱の中に論文はありませんでした」

「資料のデータも無かったんですよね」

「履歴もブックマークも確認しました。それでも論文は見つかりませんでした」

どこか苦しそうに奈流美さんが答えました。

今、座敷にいるのは、奈流美さん、私、陸の三人。

陸と私は、隣り合わせに座り、奈流美さんは私達の向かい側のソファに腰を下ろしています。

父は、所用があるとかで出かけてしまいました。こういう席が苦手なのか、あるいは単に面倒になったのか。

「他に教授が使っていたパソコンはないのですか」

「父が大学で使っていたパソコンは、関係者の立ち会いの元、管理会社の方に調べてもらいました。父のスマホの履歴も調べましたが、それでも見つかりませんでした」

「それなら弟さんのいう通り、論文は無かったと考えるほうが自然じゃないでしょうか」

陸が困惑した顔を見せました。

「教授の論文が完成していて、更に、それが誰かに盗まれたとまで考えるのは飛躍があり過ぎるのでは」

幼馴染の言葉に奈流美さんが僅《わず》かに顔を顰めます。

「私の職場に出入りしている業者さんがいるんですよ」

「業者さん、ですか?」

「ええ。パスワードの分からないパソコンを開いたり、削除されたファイルの履歴を調べたり、使えなくなったパソコンのデータを取り出してくれる専門の業者さんが」

端整な容貌《ようぼう》の女性が、ソファに腰掛けていた身を乗り出しました。

「完全に削除されてしまった文書でも、こういう業者さんなら、大抵復元してしまいます。私、父のパソコンをその業者さんに預けて、文書の復元を依頼したんです」

「出来たんですか。復元」

奈流美さんが首を横に振りました。

「復元された文書は全て読めない状態でした。何が書かれていたか分からないんです。業者さんの話ではデータを上書きして、読みとれなくするソフトが使われたのだろうと」

へえ。そういうソフトがあるんだ。

私が知らないことが、世の中には多すぎます。

「父は、パソコン関係の技術には疎《うと》い人でした。パスワードを設定するのがせいぜいだったのです。こういうソフトを使ってまで、文章を削除するとは、私には思えないんです」

「つまり、お父様が事故に遭われた後、誰かがパソコンを開き、データを持ち出したうえで、元の文書を削除した——と、そうお考えなのですか」

頷く奈流美さんに、陸が、あからさまに訝《いぶか》しげな顔をします。

「本当にデータが盗まれたとお考えなら、警察に行くべきでは」

「警察の捜査には時間がかかります。あまり悠長《ゆうちょう》なことは言っていられないのです」

「と、いうと」

「今年中に論文を発表しないと、父の研究室が無くなってしまうかもしれません」

その声が、やや小さなものになりました。

「奥學館大学の運営は、教授会によって決められます。来年度、父のいた篠宮研究室を解散とするか、あるいは名称を変えて存続させるかは、今のところ未定になっています」

「ああ、そういう事ですか」

「え、何、どういう事？」

私の問いに、幼馴染が答えます。

「篠宮さんとしては研究室を解散にさせたくない。そのために、教授の論文を発表して研究室の実績にしたい。そうですよね」

「研究室さえ残れば、父の研究が引き継がれます」

奈流美さんが、さらに声を潜めました。

「父は自分の学問が第一の人でしたから。何かに集中すると、周りが目に入らなくなって、他者に迷惑をかける、そういう事には考えが至らなくて」

身振りを交えての言葉が続きます。

「予算を度外視して、高額な文献を大量に買い漁ったり、研究にかかわる資料を借りっぱなしにして、トラブルになった事もありました。その——衿角先生にも本を長く借りたままになっていたようで」

整った口から、溜息が一つ漏れました。

「論文が盗まれたとすると、犯人は父の身近な人物——おそらくは大学の関係者です。その人にも、父は何かしらの迷惑をかけていたかもしれません。出来るならば、事を荒立てずに解決したいんです」

「なるほど」

「もう一つ一番怖いのが、犯人にその論文が処分されてしまう事です。警察が介入した場合、犯人が保身のために論文を処分してしまう事もあり得ます」

奈流美さんが、背筋を伸ばします。

「父の言葉を信じるなら、その論文は父が長年かけて研究してきた成果が書かれているんです。出来るだけ良い形で世に出したい——娘としては、そんな思いもあるんです」

陸が天井を見上げます。それから自らに言い聞かせるように呟きました。

「論文が盗まれたかどうかは別にして、篠宮教授が、独自の学説をお持ちだったかどうかは、確認出来るかもしれません」

女性の眼が見開かれました。

「本当ですか」

「篠宮教授がこの家に来られた際、福一郎先生と何かしらの議論をしていました。会話の中にオオクニヌシという言葉が、頻繁《ひんぱん》に出ていました。今思えば、あれは教授がこれから書く論文に関してのやり取りだったのかもしれません」

幼馴染が微笑みながら、こちらを振り返ります。

「ねえ、翡那。福一郎先生は、自分宛てに来た郵便物を全て保管していたよね」

「うん。まだ蔵の中にあるよ。捨てるには忍びないって、父さんが言うもんだから」

「手紙の中に、篠宮教授から貰《もら》ったものがあるんじゃないかな。それを読めば、教授が論文を書いていたかどうか推察出来るかもしれない。小父《おじ》さんに蔵の鍵を借りよう」

＊　＊　＊

私の実家は、戦前に建てられたという築八十年を超える和風建築。

敷地内には、母屋の他、納屋、今は使われていない井戸。それに重厚な造りの蔵があります。

母屋と蔵の壁は白い漆喰《しっくい》。それに、大人の腰くらいの高さまで横に長く板が張られる鎧壁《よろいかべ》という造り。

蔵には、様々な品物があります。

まずは農具。唐箕《とうみ》や千歯扱《せんばこ》き、足踏み式の脱穀機、石臼《いしうす》など明治頃のもの。小さめの文机《ふづくえ》があり、その引き出しの中には、筆や硯《すずり》、文鎮《ぶんちん》などの文房具が一揃《ひとそろ》い入っています。そして刀や槍などの武器と、砥石などそれらを手入れをする品。これらは江戸時代の家業の名残《なごり》。

それから砥石とは違う石が大小三十個ほど。黒っぽい石の中に小さな結晶が輝いているのは、あられ石。黄色っぽいのは、灰礬柘榴石《かいばんざくろいし》に菱沸石《りょうふっせき》。深緑色のはクロム雲母《うんも》に、ゾノトラ石。他にも、私には名前の分からない大小様々な石が沢山《たくさん》。

一際《ひときわ》目を引くのは、緑の柔らかな色合いの石。私の片手に収まる程度なのに、見た目よりも重く、淡い光沢あり、綺麗《きれい》な模様が入っています。

これは糸魚川特産の宝石、翡翠《ひすい》の原石です。

これら多数の品々は、衿角家のご先祖が代々収集してきた物。私の家系には、代々、収集癖があったのですね。

そういえば亡くなった祖父にも収集癖がありました。

昆虫や植物、貝殻や海岸、河岸の石などの一般的な標本は勿論の事、文房具や洋酒の瓶《びん》や洗剤の容器、果ては周辺のお弁当屋さんの割りばしを入れる紙袋まで、金銭的な価値の有無に関係なく、興味を引くものがあれば片《かた》っ端《ぱし》から収集し、分類してラベルを付け、保管しておく。そういう作業をするのが趣味みたいな人だったのです。

＊　＊　＊

「やはり、お父様――篠宮教授は、古代史に関しての新説を持っていたようですね」

ソファに座っていた陸が、一通の葉書を持ったまま背をソファにもたれかけます。

「この手紙に、古代の出雲の政権について祖父に独自の見解があると述べられています」

一通の手紙を私に突き出して、奈流美さんが弾んだ声を出しました。

「この独自の見解というのが、論文に書かれた内容かもしれません」

窓の外の景色には、夜の帳《とばり》が下りかけています。

蔵の鍵を私達に貸し出した父は、作業が終わったら連絡をするよう言い残して、また出かけてしまいました。

ローテーブルの上には、生前、祖父が所属していた郷土史の研究会の過去十数年の機関誌、それに篠宮教授から送られてきた郵便物――葉書やら薄茶色の封筒やらが日付順に並べられています。古い手紙は、茶色く変色して色褪《いろあ》せ、インクの色も薄くなっています。貼られている切手は、私が見た事もない図案。滲んで消えかけている消印は、五十年近く前の日付。

これらの手紙は、我が家の蔵の二階、祖父が書斎として使っていた一室に、他の多くの郵便物と共に、幾つかの段ボールに保管されていました。

一番多いものは学生からの年賀状です。うちの祖父は、中学校で長く教鞭《きょうべん》をとっていましたから、在職中に生徒から送られてきた年賀状は何千通にも及びます。他に暑中見舞いや寒中見舞い。学校で使われる教材のお礼状。

これらの郵便物は、全て祖父が赴任《ふにん》した学校と、担当した年度ごとに分類され、それぞれ輪ゴムでくくられ、プラスチックのファイルに収められていました。

その他、祖父の個人的な知人の手紙は、別の段ボール箱に個別に保管されています。そこに『篠宮から』と書かれた紙片が貼られた、古い革製の書類入れもあったのです。

紙片に書かれている祖父の筆跡に懐《なつ》かしさがこみ上げます。

それにしても何十年にもわたる長い教員生活であったのに、年賀状や暑中見舞いも含めて、自分に送られてきた手紙全てを分類しているのですから、祖父は本当にマメです。私にその性格が引き継がれていないのは、何故でしょうか。

陸と奈流美さんは、篠宮教授からの手紙を年代順に並べ、読み通していたのです。

祖父が亡くなるまで、ほぼ毎年、教授から手紙が送られてきていますが、特に、一九八〇年代の後半から手紙が増えています。

「お祖父ちゃん、八〇年の半ばから、何通も手紙を貰っているね」

「昭和五九年、日本の古代史に関して衝撃的な発見があったんだ。教授からの手紙にはその事について書かれている」

陸が胸のポケットから、メモ帳とペンとを引っ張り出しました。この人、気になることがあるとメモ帳に何かしら書き込む癖があるのです。

「かつての出雲国《いずものくに》――現在の島根県、荒神谷《こうじんだに》遺跡で銅矛《どうほこ》や銅剣が発掘されたんだ」

「それって衝撃的なの？」

「その時見つかった青銅製の武器は三五八本。それまで国内で発見されていた弥生時代の銅剣は三〇〇本ほど。それを上回る数の銅剣が一か所の遺跡から出土したんだ」

メモ帳に何事か書きながら、陸の独り言のような声が続きます。

「これにより、各地で作られた青銅器を大量に収集する事が出来るほどの権力をもった『クニ』が出雲に存在した事、それ以前は創作と考えられていた古事記、日本書紀などの『出雲政権』が史実を元にした物語として認知されるようになったんだ」

幼馴染の目が私の方に、次いで奈流美さんに向けられました。

「そして糸魚川は、その『出雲政権』を支える国の一つだった――」

言葉が途切れます。陸が傍にいる女性に不器用に笑いかけました。

「奈流美さん、お父様のいう出雲大社の謎というのは、どういった方面の――何に関するものだとお考えですか」

「私は、本殿の御神座に関する事ではないかと思います」

「本殿――ですか？」

奈流美さんの言い方には、やや躊躇《ためら》いが感じられます。

「現在の出雲大社の本殿の高さは八丈《じょう》。つまり二四m。神社として破格の大きさです。ところが江戸時代以前、現在の倍、一六丈――つまり四八mだったという記録があります」

「高さ四八mだと、現在でいうならビルの一五階くらいになる」

陸が解説します。

「おぉ、高層建築だね」

「古代の一時期――景行《けいこう》天皇の時代には、その更に倍、三二丈もの高さがあったという文献まであるそうです」

「そうすると、九六m、三十階建の摩天楼《まてんろう》って事になるの？」

糸魚川の市街地のビルは、せいぜい四階か五階建。それ以上のビルは無かったように思います。今から千数百年前、そんな高さの建築物があったとは信じられません。

「これらの伝承や文献は、長い間、誇張された話と考えられていた」

陸が、何故か嬉《うれ》しそうに言いました。

「ところが、平成一二年（二〇〇〇）、拝殿の地下の発掘調査で直径一・三五mの杉を三本にまとめた、巨大な柱の根元の部分が見つかったんだ」

陸が微笑みを見せます。

「その柱の造りは、出雲大社の宮司《ぐうじ》の家に代々伝えられてきた図面と一致していた。つまり四十八ｍ説が現実味を帯びたんだ。九六ｍはともかく四八ｍについては、今は信憑性のある学説として受け入れられている」

「危なくないの。そんなに高い建物」

「平安時代から鎌倉時代にかけて、何度か本殿の倒壊が記録されているそうだよ」

「うわっ。危険なんじゃん」

「出雲大社の謎と言われているのは、この本殿の中の御神座の方向です。神社には本殿に御神座といわれる祭壇があります。出雲大社の本殿は全体としては南向き。ところが不思議な事にこの御神座は西向きになっているのです」

陸がメモ帳をローテーブルの上に置いて、ボールペンで絵本に出てくるような小さな家の絵が描かれていきます。

「これを出雲大社の本殿としよう。これが鰹木《かつおぎ》、こっちが千木《ちぎ》」

家の絵の屋根の上にいくつかの短い横棒。加えて両端に端から角のようにＶ字状の突起が描かれ、神社らしく見えるようになりました。

「こっちは、室内の平面図。この円は、出雲大社の柱だと思って欲しい」

神社の絵の下に、三つずつ三列に九個の小さな円。それらを囲む四角形の図形が、次々と器用に描かれていきました。

「出雲大社の建築様式は、大社造りと呼ばれる。伊勢《いせ》の神宮《じんぐう》の唯一神明造《しんめいづく》りと並んで、最も古い神社建築の一つ」

陸の手にしているボールペンが、家の壁のやや左側に四角の穴を開けます。

「こういう風に横方向から見て、屋根が二つ合わさって見える建物の面を妻というんだ。大社造りは妻入りと言って、妻の壁に入り口を設けるのだけれど――」

ボールペンが、今度は紙の上の円の間に通り、いくつかの矢印を描いていきます。

「ここが、本殿の入り口。こちらが御神座の向き」

「あれ、神様がそっぽを向いているの？」

「そういう事。出雲大社では、本殿の中の御神体は西向きに鎮座《ちんざ》している。本殿の前で手を合わせる参拝者は、神様を横から拝んでいることになるんだ」

何が嬉しいのか、またもや陸の頬《ほお》に笑みが浮かびます。

「大社造り対して、神明造りは――」

出雲大社の見取り図の傍に、またも角の突きだした小さな家と、幾つもの小さな円、それをとり囲む四角形が描かれます。出雲大社では、四角形は正方形に近いものでしたが、今度の伊勢神宮の四角形は長方形。建物が細長いということでしょうか。

「平入《ひらい》りと言って、入り口は建物の屋根の軒先のある壁に造られる。心御柱というのが建物の中央部にあるけれど、これは床下に置かれているだけ。本殿の室内までは入ってこない」

入り口から中に入る、小さな矢印が一つ描かれました。

「御神座はここ――多くの神社では神様は参拝者の方を向いている」

「父が言う出雲大社の秘密とは、それに関する事かと思うのですが」

奈流美さんが、控え目に言います。

「出雲大社は、他にも幾つか謎がありますよね。柏手を四つ打つとか、注連縄《しめなわ》が通常の神社とは逆になっているとか、本殿が二重の垣《かき》に囲まれているとか」

「その中でも最大の謎と言われているのが、この御神座の向きなんです」

奈流美さんが、メモ帳の上に指を置きます。

陸が眼鏡を掛け直し、背を伸ばして奈流美さんに顔を向けました。

「お父様の論文について、他に推測していることはありますか」

「ムカデとハチに関しては分かりません。でもヘビというのは、やはり八岐大蛇《やまたのおろち》に関わることではないかと思うんです」

奈流美さんの頬に、少し赤みが差している気がします。落ち着いているように見えて、多少は興奮しているのかもしれません。

「五世紀頃までの出雲平野は、海峡で分断され、東の中海《なかのうみ》、宍道湖《しんじこ》から西の海岸に連なる長さ一〇〇㎞ほどの天然の水路が続いていました。島根半島は本土から離れた島だったんです」

陸の言葉に、奈流美さんが不思議そうな顔をしました。

この男、時々、こういう話の脈絡を無視した突飛な言葉を吐くのです。

〈建築様式の違い〉

大社造り

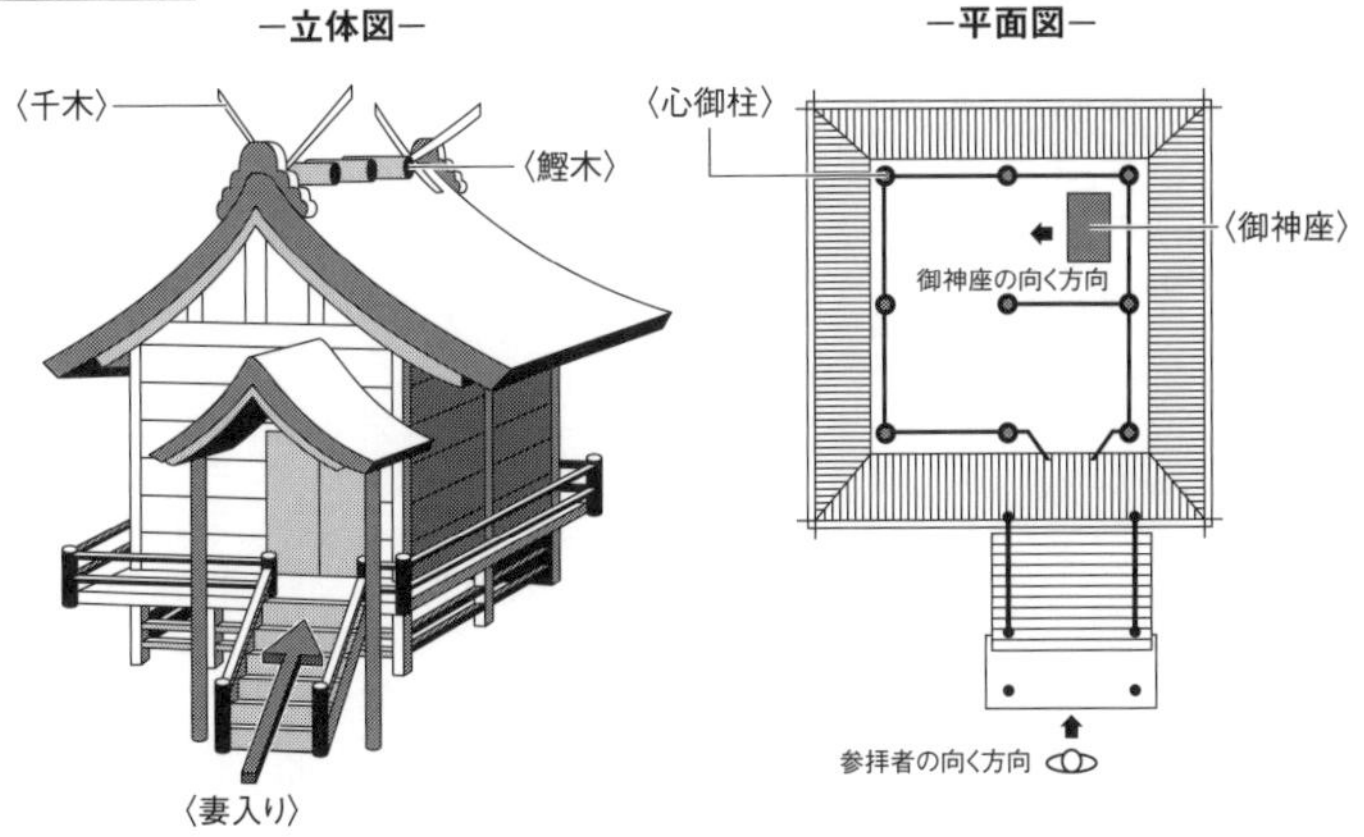

神明造り

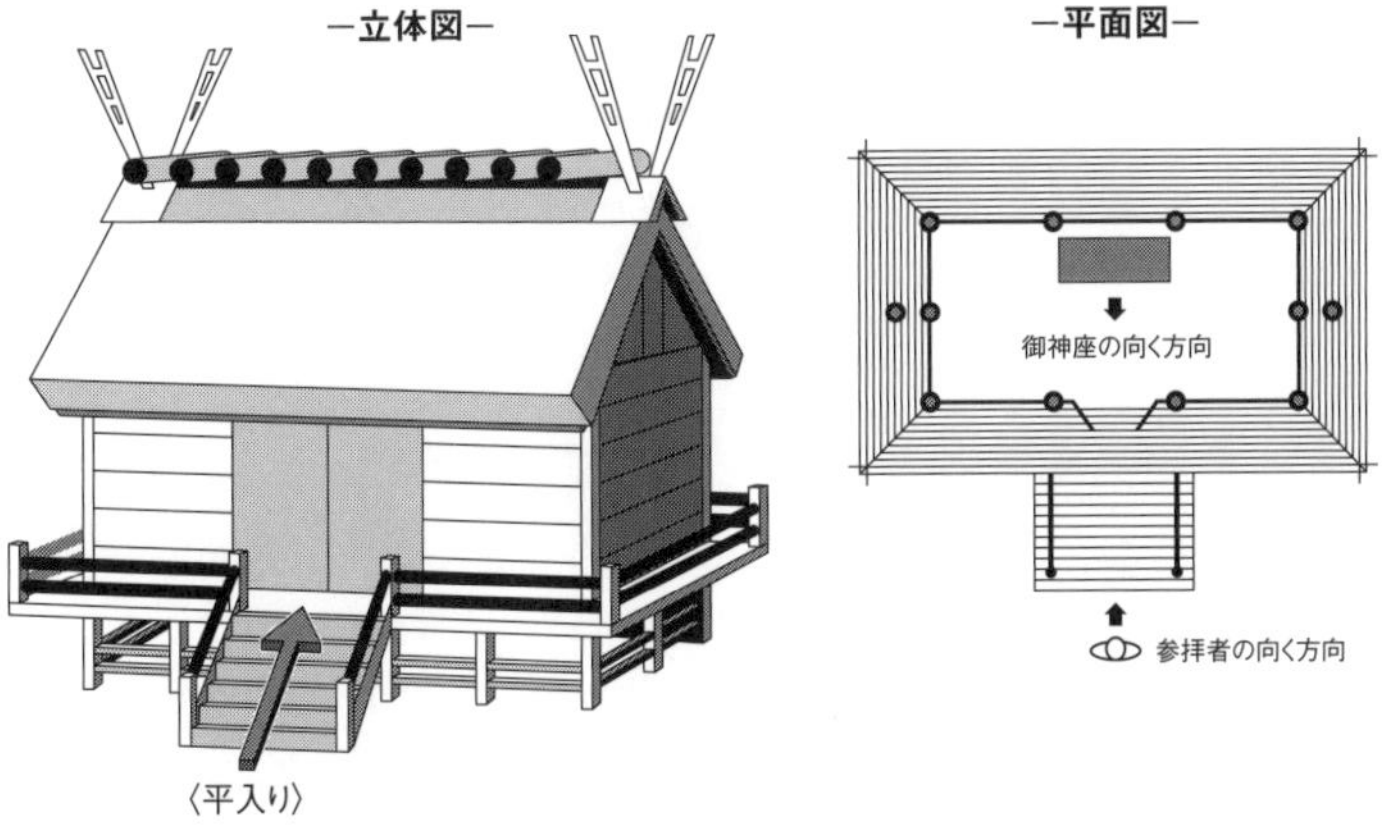

「陸、それって今までの話と関係あるの」

「あるよ」

陸が今度は胸のポケットからスマホを引っ張り出しました。

「陸路の発達していない古代において、物資の輸送に使われたのは船です。この水路は、古代の日本海航路の重要な中継地。鉄器や青銅器、それに糸魚川の翡翠が、出雲を中継して日本海の沿岸や朝鮮半島まで行き来していました」

スマホが、ローテーブルの上に置かれます。

その画面上に、島根県の海岸線の地図が映し出されました。

「ところが古代のある時期、この水路は失われ、出雲はそれ以前までの貿易の拠点としての地位を失ってしまう」

「どうして」

陸が左手を伸ばし、突き出した五指をアヒルの嘴《くちばし》のように開閉しました。

「ヤマタノオロチが、水路を壊したんだよ」

「真面目に話してよ」

「真面目な話だよ」

「そんなわけないじゃん」

「ヤマタノオロチは、この地方を流れる斐伊川《ひいかわ》の水害を表しているという説があるんだ」

左手がまたも開閉されます。

あ、この手、アヒルじゃなくてヘビのつもりなんですね。

「斐伊川の上流は、質のいい砂鉄が採集出来る。古代から近代に至るまで鑪《たたら》での製鉄が行われていた地域なんだ。製鉄の燃料に使う為に、周辺の木材が切り倒され、周囲の山は保水力が失われる。保水機能を失った土地では頻繁に洪水が起こる」

「児嶋《こじま》さん、良く調べておられますね」

「福一郎先生の研究にかかわる事ですから」

陸が、含羞《はにか》むような表情になりました。

「陸の近くの海に島、そして河川があると、陸と島の間に『トンボロ』という砂州《さす》が形成され島と陸が繫がる。陸繫島《りくけいとう》というんだ」

褒《ほ》められたせいか、その口調が、少々勿体《もったい》ぶったものになった気がします。

「水害で運ばれた土砂が、島と本土の間に平野を形成して半島となる。平野は広がり、農地も増えた反面、水路は失われ、貿易の拠点としての出雲の地位は低下していった」

一旦、言葉が区切られました。

「翡那、因幡《いなば》の白兎《しろうさぎ》のお話知っているかな?」

「サメに皮をはがされたウサギを大黒様《だいこくさま》が助けるお話でしょ」

「そう。その大黒様とは、オオクニヌシの事。出雲大社に祀られている神様」

この昔話なら、大抵の人が知っているでしょう。糸魚川で育った私達にとって、ヌナガワヒメは身近な存在。その伴侶《はんりょ》のオオクニヌシのお話も知らない筈がありません。

大黒様——オオクニヌシには沢山の兄がいました。

兄の神々は、遠くの国にいる綺麗な女神——八上比売《やかみひめ》に結婚を申し込みに行きます。

オオクニヌシは兄たちの荷物を持たされて、その後から遅れてついていく。そこで、皮をはがされ泣いているウサギに出会うのです。

ウサギは、自らの状況をオオクニヌシに告げます。

自分は、離れ小島に住んでいたが、本土に渡りたいと思っていた。そこで海にいるサメに『私達の仲間と、あなた方の仲間どちらの多いか較べよう』と持ち掛けて、小島から本土まで鮫を一列に並ばせ、数えるフリをしてその背を渡って来た。しかし、渡り切る直前、調子に乗ったウサギは、数を比べるなどは嘘である事を嘲笑《あざわら》いながら告げ、怒ったサメたちに皮をはがされてしまう。

浜辺で泣いているウサギに、通りかかったオオクニヌシの兄の神達。

彼らは、ウサギに怪我の治療法を伝えるのですが、それは、身体を海水に浸したうえで、潮風に晒《さら》せという誤ったもの。そのため傷はますます酷《ひど》くなり、更なる痛みのためにウサギは泣いていたというのです。

話を聞いたオオクニヌシは、ウサギに同情し「真水で傷を洗い、蒲《がま》の穂《ほ》にくるまれ」という治療法を伝えました。ウサギが言われたとおりにすると傷は癒《い》えます。喜んだウサギは、「女神はあなたを婿《むこ》に選ぶだろう」と予言し、果たしてその通りになりました。


「――確か、そういう話よね」

「フラボノイド配糖体、パルミチン酸、ステアリン酸、βシトステロール――」

陸の口から、またも意味不明な言葉が漏れてきました。

「まぁた、訳の分からない事言い出す」

「これらは蒲の穂に含まれているとされる成分。塗布《とふ》すると火傷《やけど》や鼻血に効果がある」

「お薬ってこと？」

「そう。現在でも、蒲の穂は蒲黄《ほおう》という生薬の原料なんだ。古事記の記述は、それが書かれた当時の医療知識に基づいている」

スマホとメモ帳が、陸のシャツの胸ポケットに収められます。

「古事記は歴史書でもあるんです。そこにある神話は全てが創作ではなく、数多くの事実が反映されている」

義兄の右手の人差し指が伸ばされ、私達の前に掲げられました。

「古事記には、ヤカミヒメと結ばれた後、兄達の嫉妬《しっと》を買って、幾度も命を狙《ねら》われ、二度にわたって殺されてしまう――そういう記述がなされているんだ」

「殺されるって、死んじゃうの？　神様なのに」

「殺されたオオクニヌシを生き返らせたのが、母親の刺国若比売《さしくにわかひめ》という女神様。この母親に勧められて、オオクニヌシは、黄泉《よみ》の国の須佐之男命《すさのおのみこと》の元を訪れる」

「スサノオって、ヤマタノオロチを退治した神様だよね」

「そうだね。オオクニヌシノはそこでスサノオの娘、須勢理毘売《すせりびめ》と恋に落ちる。そのせいか、スサノオはオオクニヌシに様々な過酷な試練を課すんだ」

陸が眼鏡を外《はず》し、何かを思い出すような表情になりました。

「篠宮さん。ヘビ、ハチ、ムカデ。教授の言っていたこれらの生物は、スサノオが黄泉の国でオオクニヌシを案内した部屋の事ではないのですか」

「何。それ？」

私の質問に、陸が低い声で答えます。

「スサノオがオオクニヌシに提供した寝室には、大小様々なヘビが無数にいた。いつ噛みつかれるか分からない。でもね、スセリヒメは、予《あらかじ》め、オオクニヌシに『ヘビの領巾《ひれ》』という道具を手渡していたんだ」

「ヒレ？」

「女性の装身具。今でいうスカーフかな。首に掛けて垂らした長い布帛《ふはく》。二尺五寸から五尺というから、大体七五㎝から百五十㎝の羅《ら》や紗《しゃ》、つまり絹で織られた布を一幅または二幅に合わせたもの。奈良時代には装飾として礼服・朝服に使用されていたんだ」

陸が両手を首の後ろに当て、それから前に下ろします。

「スセリヒメは、ヘビに噛みつかれそうになったら、この領巾を三度振るように言ったんだね。その通りにすると、ヘビは大人しくなり、オオクニヌシは落ち着いて眠ることが出来た」

「その布に薬でも仕込まれていたのかな」

「次の晩、オオクニヌシがあてがわれた寝室が、ムカデとハチが無数にいる部屋。この日も、前日と同様、オオクニヌシは『ムカデとハチの領巾』をスセリヒメから手渡されていたので、それを使って安眠することが出来たんだ」

「そのヒレってのに虫よけの効果があったのかな」

「教授が仰《おっしゃ》っていたという、ヘビ、ハチ、ムカデというのは、これらの事ではないでしょうか」

奈流美さんの表情が、明るくなりました。

「そうですね。きっとそうです」

綺麗な女性の笑顔を見ると、こっちまで晴れやかな気持ちになります。

「児島さん、それに翡那さんも。私達に協力してくれませんか」

「協力、というと」

「父の論文の内容を推測して欲しいんです」

女性官僚が頷きました。

「論文さえあれば、父の研究室が存続できると思います。研究室の方々にあなた方が協力して頂ければ、父の研究の正しい見解を導きだす事が出来るかもしれません」

陸が当惑した表情を見せます。

「僕は理系です。歴史や神話は専門外ですよ。翡那は、そろそろ就活ですし」

奈流美さんが、今度は私の方を向きました。

「翡那さん、どうでしょうか。ご協力頂けませんか？」

そう言いながら、佳人の織手《せんしゅ》が私の手を――次いで陸の手を摑《つか》みます。

「お願いします」

奈流美さんが、私たちの手を握ったまま頭を下げました。

「陸。どうする？　奈流美さん、お困りみたいだけど」

私の大学は、そろそろ夏休み。陸の会社も夏の休暇がある筈です。

協力することは、無理ではありません。

「一つ聞いていいでしょうか」

陸が静かに問いかけました。

「奈流美さんは、犯人は、大学の身近な人物と仰いました。それは、教授の研究室の人ではないのですか。研究室の誰かが教授の論文を盗んだとは考えられませんか」

握られていた手が緩みました。

奈流美さんの答えを待たずに、陸が続けます。

「大学教授が、長年の研究を論文にしたというからには、かなりレベルの高いものでしょう。そんな論文を学生が発表するのは不自然です。もし、犯人の動機が、教授の論文の盗用なら、教授とか、准教授、講師くらいの人でないと」

「それは、その──」

奈流美さんの表情が曇ります。

陸が自分の眼鏡を押しあげました。

「教授の私物のパソコンに触れる事が出来る人。パソコンのパスワードが分かる人。さらにレベルの高い論文を発表しても不自然ではない人、そんな人物は限られてるでしょう。貴女《あなた》には、犯人の目星がついているのではないのですか」

「私が容疑者と思うのは三人」

苦しげな声で返答がありました。

「父の研究室の所属で、大学の講師の村迫《むらさこ》さんという女性。それから助教の高瀬《たかせ》君。それにあと一人──やはり講師の安堂《あんどう》という男の人です」

「その三人だけですか」

「──ええ、他には思い浮かびません」

何故か哀《かな》し気《げ》な声でした。

＊＊＊

「僕には、探偵の真似事《まねごと》は無理ですよ」

陸が困惑した表情をしています。

「推理小説を読んでいても、いつも最後まで犯人もトリックも分からないんです」

「そうかしら。陸なら、すぐに論文を見つけちゃいそうだけどな」

無造作に束ねた髪に、着古したジャージ、その上にエプロンを身に纏《まと》った私の実姉、衿角翠《みどり》が上機嫌で言いました。

「うちの家宝も見つけちゃったじゃない」

陸と姉は東京《とうきょう》の近郊で同棲《どうせい》生活中。糸魚川に戻ってくる際は、陸の実家と、この家とを交互に泊っていきます。今日の日中、奈流美さんが来訪していた時、姉は陸の実家に居たのです。

「僕たちの場合は、小父さんが答えを知っていたから。答え合わせが出来たんです。今回はそれが出来ません」

姉が切り分けて皮をむいた梨の一つに、小さなフォークを刺して陸に手渡します。

「はい。どうぞ」

「ありがとうございます」

「どういたしまして」

丁寧にお礼を言う陸と、にこやかに答える姉。なんだか不自然に思えます。

同棲中だというのに、陸は姉に対して敬語のままなのですから。

「それで、陸はその女の人の頼みを断ったの」

「一応、保留って事にしていたよ」

梨を頬張っている陸の代わりに、私が答えました。

「奈流美さんが、必死に頼むから断り切れなかったんだよね」

姉から私に、切り分けられた梨が渡されます。

「とりあえず、一度は、あちらのお宅にお伺いするという事にしたの。お祖父ちゃんの本を引き取らなきゃいけないし。あ、お姉《ねえ》。アパートに何泊かさせてね」

奈流美さんは、東京まで行く私の交通費を出してくれると言ってました。うまく日程を調整すれば、就活の交通費が抑えられるかもしれません。

「翡那、見てごらん、奈流美さんの名前で検索したら出てきたよ」

陸がパソコンの画面を私に示しました。

フォークに刺した梨を齧《かじ》りながら、パソコンの画面を覗き込みます。

「奈流美さん、かなり優秀な人みたいだね。あの若さで総務省自治行政局の課長だって」

「へえ。やっぱりカッコいい」

「僕らがお会いしたお父様。名前は篠宮秀介。その名前で検索すると、いくつか論文がヒットするよ。宗教学では有名な学者さんだね」

「凄《すご》いね」

「弟さんは篠宮武智《たけとも》さんというらしい。大学の講師だね。この人も優秀だ。まだ三〇代の前半なのに、化学の論文や科学史の専門書を何冊か書いている」

「それも凄《すご》いねぇ」

「ああ、この大学、少し前に不正行為が発覚して、講師陣の入れ替えがあったトコだ。若手の講師がいるのも、それが理由かな」

「だとしても、三十代の前半で講師になるって凄いよ」

「頭のいい人達なんだろうね」

「羨《うらや》ましいな」

私は溜息をつきました。

「こういう人達、就活で苦労なんかしないんでしょ」

「翡那」

姉が僅かに首を傾け、座っている私の肩に手を置いて諭《さと》すように言いました。

「頭がいい人にも、その人なりの苦労があると思うよ」

束ねきれていない黒髪が揺れて、私の頬に触れます。

見目よい横顔。姉の整った顔立ちが余計に強調されます。

子どもの頃から、羨ましくて仕方のなかった姉の顔。見慣れている私でも、時折見せる姉の表情の美しさに、未だに動揺することがあります。もし男の人が見たら、胸が締めつけられるような感覚になるのではないのでしょうか。

身内を褒めるのも何ですが、着古したジャージ姿でも姉は腹が立つほど綺麗。奈流美さんのような、優美さとはまた違う、繊細で透明感を感じさせる容姿をしているのです。

「お姉もいいよね。手に職があって」

「あのね翡那。個人で仕事を請け負うって大変なんだよ」

姉の職業は洋裁師。自宅で沢山の洋服や帽子、時には鞄《かばん》など服飾品を縫い上げるお仕事。

今は、陸と一緒に借りたアパートの一室で仕事をしていると聞きました。

「収入は安定しないし、体調悪くても仕事を替わってくれる人はいないし、年金や保険料は自分で払わなきゃならないし、年末調整だってあるし」

儚《はかな》げ気なその容姿とかけ離れた、世俗的な苦悩を姉が吐露します。

「フリーの洋裁師は、ずっと家にいて人と話さなくても平気なエリートのボッチじゃなきゃ出来ないね」

「何よ。エリートのボッチって？」

「孤高を愛する一流の引きこもりよ。日中はカーテンを閉めてなるべく静かにしていて、人が来ても居留守を使い、仕事を貰ってくる時も、納品の時も出来るだけ人と話さないようにするの本当に大変なんだから」

「そっか」

敢《あ》えて反論しないでおきました。

姉は極端な人見知り。故郷を離れて新たな場所で仕事を始めるのには、相当な苦労があった事は間違いないのです。

「で、陸。その女の人に協力するの？　しないの？」

「協力しようよ。陸。あんなに素敵な女性が困っているんだから」

「翡那は、篠宮さんにすっかり惚《ほ》れこんでいるね」

陸が、真顔でぼやきます。

「そうよ。あの人、すごく素敵だもの」

「あの人、流石《さすが》キャリア官僚だよ。頭がいい。翡那を上手《うま》く取り込んで、僕まで協力させようってんだから」

姉が、私の方を向きました。

「その人、そんなに綺麗なの」

「綺麗だし、その上カッコいいの。凛々《りり》しくて。女性らしくて。それも無理している感じが全然なくて」

「翡那はさ、年上のしっかりした女性に弱いんだよね」

姉が一人で頷きます。

「お母さんの事、覚えてないから。年上の女性に憧れるのよ」

「違うよぉ」

姉の的外れな指摘に、私は、即座に反論しました。

「私をマザコンみたいに言わないで。ああいう人には同性として憧れるの」

「正直言って、迷っているんですよ」

陸が、胸の前で腕を組みました。

「福一郎先生が関わった研究なら、興味もあるし、困った人を助けたいとも思う。でも、話を聞いていると、弟さんと奈流美さんの間で考え方が食い違っているみたいだし、人様の家の事情に踏み込むのは避けたい――」

穏やかなのはいいけれど、周囲に気を使って、煮え切らない態度をとるのはこの人の欠点です。迷う時間があったら、まず行動した方が良いのに。

「お姉と陸はさ、人生設計はしているの」

「どうしたの。いきなり」

「聞いておきたいの。将来、糸魚川に戻るつもりなのかどうか」

姉と陸が視線を交わしました。

「当面は向こうで生活するよ。ただ、僕は衿角家の婿だし、先の事になるかもしれないけど、糸魚川には戻るつもり。うちの両親の事も、衿角の小父さんも心配だしね」

陸の言葉に、姉が頬をゆるめて頷きました。

「もし、お姉と陸がこの家に戻った時、まだ、私がこの家にいたらどうする？」

「この家にいるつもりなの」

「就活も上手くいかず、結婚も出来なかったら、ここにいるしかないよ。いいの？　このまま私が実家にいて、お姉と陸の夫婦生活の邪魔をしても」

「邪魔するつもりなの？」

「ねえ、陸、私がモテないのは、何故だかわかる？」

「ん。突然、何？」

「私もお姉も、目が二つ、耳が二つ、鼻は一つ、口も一つで容姿は変わらないでしょ」

「――まあ、姉妹だから似ている所はあるよね」

「私、お姉より背も高いし、短距離走でも長距離走でもお姉より早いし、クワガタやカブトムシだって沢山知っているでしょ」

「そうだね」

「それなのに、なんでお姉ばっかりモテるのか。不思議じゃない？　お姉の半分――いや四分の一、ううん。十分の一くらいは、私に興味を持つ男の人がいてもいいじゃない」

「交際相手に、足の速さやクワガタの知識を求める男はあまりいないんじゃ――」

陸の言葉は、ここで途切れました。

私が梨に刺さっていたフォークを、その鼻先に突き付けたからです。

「理由はたった一つよ。私がモテないのは、オオクニヌシを敵に回してしまったから。それ以外、考えられない」

「そ、そうなのかな」

陸が呆れた顔をしています。

「私ね。長い間オオクニヌシの事を誤解していたのよ。ヌナガワヒメの事を、苛《いじ》めて追い出した神様、女好きで浮気性の神様だって」

「あ、それは神様も、怒るかも」

姉が煽《あお》るように言いました。

「でも、それって誤解だったのよ。オオクニヌシは、昔、出雲の国にいた複数の指導者を一柱の神様にまとめたもの。ねえ、陸、そうなんでしょ」

「うん。そう考えられる」

「複数の人物を一つにまとめたから、奥さんや子どもが沢山いるのよね。別に、この神様が浮気性なわけではないのよね」

陸が、パソコンを自分の手元に引き寄せながら言いました。

「ギリシア神話にね。ゼウスっていう神様が出てくるんだよ」

ゼウス——高校の倫理の授業で、ギリシアの哲学を教わった時に習った記憶があります。そうそう、地学の授業で星座の事を習った時も触れられていました。

「ギリシア神話で一番偉い神様だっけ」

「うん。ギリシア神話の世界観での最高神。オリンポス十二神の筆頭だよ」

陸の指がキーボードを叩《たた》きます。

検索ボックスに『ゼウス』の文字が打ち込まれました。

「見てごらん、『天空の支配者にして、人類と神々双方の秩序を守護・支配する神々の王。女好きで浮気性』なんて事が書いてある」

私はパソコンの画面を覗き込みました。

「ええと『ゼウスは本妻のヘラの眼を盗んで様々な女神や妖精《ようせい》、人間の美女に次々と手を出しては子孫を増やし、一方で、ゼウスの浮気相手となった女性の多くは、嫉妬したヘラによって苛烈《かれつ》な罰を受ける』だって」

「ゼウスの浮気と、ヘラの嫉妬は、ギリシア神話で幾度も扱われる題材なんだ」

「酷い神様ねぇ」

姉の言葉には実感がこもっています。

「何故、ゼウスがこんな女好きになったのか。神話では、人や神に恋心を抱かせる矢を持った神エロースが、気まぐれに放った矢がゼウスに刺さったためとか、あるいは、古き神々との決戦に備えて、神の血を引く人間の英雄が必要だったためとされているんだ」

幼馴染が、私の方を見ながら言いました。

「ただし、歴史を踏まえた現実的な答えとしては——ポリスって、聞いたことあるかな」

「ポリス？　英語で警察の事だよね」

「そう。では、その語源は何か知っているかな」

「知ってる。古代ギリシアの都市国家でしょ。公民とか歴史で習ったよ」

こう見えて、私だってバカなわけでは無いのです。大学の授業にだって、ちゃんと真面目に出席しているんですから。

「正解。ギリシアは、海岸線が複雑に入り組んだ地形をしている。平地は小さく分断されてその地域毎《ごと》に、小規模な『都市国家』が存在していた。そして、それぞれのポリスが、その正統性を示すため『自分達の信仰する神はゼウスの血を引く』と主張した——」

陸が、私と姉とを交互に見ながら言いました。

「あるいは『貴方達《あなたたち》の神は、実はゼウスと血縁なんだ』といって、懐柔《かいじゅう》されたポリスもあったかもしれない。まあ、ともかく、こういう政治的な理由で、ゼウスには沢山の妻子がいる事になり、女好きで浮気性にされたんだ」

「へえ。面白いねえ」

「その神様の浮気性はわかったけど、何がいいたいのよ」

陸が、眼鏡を掛け直しました。

「オオクニヌシに、沢山の妻子がいたとされるのも、おそらくは同じ理由。当時の出雲の周辺の『クニ』の首長は、自分達が出雲のオオクニヌシの血筋であることを主張して、自分達の統治の正統性を謳ったわけだ」

話の最中、姉が、椅子から立ち上がりました。

「実際に周辺の『クニ』と出雲の人との婚姻関係《こんいんかんけい》が結ばれた事もあっただろうね。そういった文書に残らない史実が、オオクニヌシという神様に反映された」

「へえ。なるほど」

「で、結局、何の話だっけ？」

姉がぼやけた声で訊《き》きます。

「翡那が、オオクニヌシを浮気性の神様って誤解していたってとかって」

「そう。私、オオクニヌシを長い間、誤解してたのよ」

私は椅子から立ち上がり、胸の前で拳を握りました。

「オオクニヌシは縁結びの神様なのよ。男女の仲を取り持つの。つまりさ、私がモテないのは、この縁結びの神様を心の中で敵に回してしまったから」

「ああ、そうね」

「うん。そうだね」

大胆かつ完璧な私の理論に対して、姉と幼馴染の反応は微妙に生ぬるいものです。

「それでね。私、思うのよ。篠宮教授の論文は出雲大社に関係あるんでしょ。出雲大社の謎を解いたら、オオクニヌシも許してくれて、私もモテるようになるよね。ね。そう思うでしょ？」

「んん。まあ。どうかな」

私の質問に、陸が露骨に目を逸《そ》らします。

「そう思わない？」

「お、メールが届いている」

幼馴染が、パソコンの画面上に視線を落としました。

「話を逸らさないでよ」

「本当に来ているんだってば。篠宮さんから、ほら」

再びパソコンの画面に目をやると、確かにメールが一通届いています。

陸がメールを開くと多数の本の背表紙が並んでいる画像が添付されていました。

「これ何？　本棚」

「うん。篠宮教授の蔵書の写真を送ってもらったんだ」

「どうするの、それ」

「教授の読んでいた本が分かれば、論文や研究の内容もある程度推測出来るだろ」

「協力するの？　奈流美さんの犯人探しに」

「まだ決めかねているけれど」

この期《ご》に及んで、まだ、迷っているんかい。

この男、ホントに優柔不断だわ。

「ねえ。知ってる？　お祖父ちゃんはさ、陸に文系に進んで欲しかったみたいなんだよ」

姉が思い出したかのように言います。

「自分と同じように、歴史とか国語の先生になって欲しかったみたい。でもさ、陸は高校で理系にいって、大学は工学部に進学したでしょ」

私の幼馴染が困った表情になりました。

「お祖父ちゃん、残念がっていたよ。だからね、今からでもお祖父ちゃんが喜ぶ事をしてくれるなら、私、嬉しいんだけどな」

「篠宮教授の学説を突き止めれば、福一郎先生は喜んでくれますかね」

陸の返答に、姉が微笑みを浮かべました。

＊　＊　＊

「高志《こし》の国」の糸魚川もその傘下にあった、古代の出雲の政権。

古墳時代のある時期、この政権は、後の朝廷に通じる大和《やまと》の政権に取って代わられたとされています。

国譲りの神話――皇統の祖、天津神《あまつかみ》である邇邇芸命《ににぎのみこと》が、オオクニヌシなど国津神《くにつかみ》が治めていた葦原中国《あしはらのなかつくに》の政権を譲るように迫るお話。

神話の中では、天津神が国津神のオオクニヌシを説得し、その政権を禅譲《ぜんじょう》させたとされていますが、実際は軍事力で脅《おど》したのでしょう。

滅びゆく出雲政権に義理立てして戦ったのが、建御名方神《たけみなかたのかみ》。ヌナガワヒメとオオクニヌシとの間に出来たともされる男神。タケミナカタは、孤軍奮闘《こぐんふんとう》するものの、最後は信濃《しなの》の諏訪湖《すわこ》にまで追いつめられて降伏したと伝えられます。

これは、糸魚川にあったクニが大和政権に抵抗した歴史の暗示。

かつてこの地にいた人々は、故郷を奪われ、諏訪湖の傍まで追われた。

私は祖父にそう教えられました。

タケミナカタの敗北と共に、出雲の衰退は決定付けられ、また糸魚川の地もその権威を失い、沈んでいった――そして翡翠もまた日本人の意識の中から消えていきます。

国内に翡翠の産地がある事すらも忘れられ、日本各地の遺跡で見つかる翡翠の勾玉等も、国外から持ち込まれたと考えられるようになったのです。

日本の――糸魚川の翡翠が再発見されるのは、昭和十三年になってから。それ以前、目の前に翡翠の原石が転がっていても、誰もその価値に気づかなかった。それは、ただ「緑色の硬く重い石」でしかなかったのです。

戦前、この地方の民家は板葺屋根《いたぶきやね》の家が多く、屋根板が風で飛ばないように乗せる重石《おもし》として、また時には漬物石としても「緑色の重たい石」が使われていたといいます。

我が家の蔵にある翡翠の原石は、うちの先祖が、どこかの家の屋根の置石とか漬物石だったものを保管していたものなのかもしれません。

私の姉は、以前、交際を求めてきた複数の男性に、我が家の蔵にある品々の中から祖父の研究対象だという「宝」を探し当てるよう傲慢《ごうまん》な条件を突き付けた事がありました。

それは交際を断る口実だったのですが、男性の一人が姉の写真と共に、その事をネット上に流出させたものだから、それはもう大変なことになりました。

『俺こそが、宝を当てて見せる』と言い張る自信過剰《じしんかじょう》の男が、しばしば我が家に押しかけてきて、数年にわたって私達の生活が乱されることになったのです。

蔵にある品々の中から、この「宝」を選びだし、祖父の研究の内容までも見事に言い当てたのが、陸――子どもの頃、祖父の研究を誰よりも身近で見てきた私達の幼馴染。

今から考えると、姉があんな条件を出したのは、言い寄る男性との交際を断るというだけではなく、陸に「一番の宝」を当てて欲しいという意図もあったと思えます。

ええ、陸は姉の期待に見事に応えたわけですね。

＊　＊　＊

歩道の上に重ねられた花束の前で、私は合掌《がっしょう》しました。

私と肩を並べて、陸も同様に手を合わせています。

都内、奥學館大学の門前の交差点。篠宮教授が交通事故に遭った、まさにその場所。

重ねられている花束は教授へ手向《たむ》けられたものです。

三か月前、この横断歩道を渡っている最中に、教授は車に撥ねられたのです。

背後でクラクションの鳴る音がします。

それほど広くもない車道に、不満を抱えた様子の自動車が歪《ゆが》んだ列をなし、信号の色が変わった刹那《せつな》、競い合うように走り出します。

交通量が多いだけではありません。車の列に僅かでも隙間《すきま》があれば、横から、強引に車が割り込んできます。排気ガスと微かな焼けたオイルの臭い——他人事《ひとごと》ながら、運転する人のストレスが心配になります。

東京では、鉄道やバスなどの公共交通機関が発達していて、自家用車を持っている人の比率が少ないなんて話を聞いたことがありますが、それでもこの交通量。較べるのが間違いなのかもしれませんが、糸魚川とは桁違《けたちが》いです。

「行こう」

合掌を終えた陸が歩み出します。私も後に続きました。

レンガで組み上げられた門柱の前を、二人並んで進みます。門柱には『奥學館大学』と厳《いか》つい文字が刻まれた金属のプレートがはめ込まれていました。

スポーツで有名な私立大学です。

門から建物の玄関まで、石畳《いしだたみ》が続いています。その左右には芝生。塀際《へいぎわ》には、糸杉らしき樹木が並んで立っています。敷地はそれほど広くはありません。

学生さんらしき若い男女が四人、連れだって歩きながら私達の横をすれ違い、門柱の間を通っていきます。

都内の大学生というだけで、何だかお洒落に見えるのは私の気のせいでしょうか。

「ねえ陸。昨日の夜、お姉が言うのよ。『ちゃんと見張っていてね』って」

私は、陸と姉が同棲しているアパートに昨夜泊めて貰いました。

「見張る？」

「そう。陸と奈流美さんが、必要以上に仲良くならないように」

「あれ、でも篠宮さんに協力しろっていったのは、翠さんだよね」

「浮気者の神様の話をするから、心配になったんじゃないの」

「困った人だね」

そう言いながらも、陸は何故か嬉しそうです。

横断歩道に踏み出す手前で、スマホが小さく振動しました。メッセージが入ってきています。

『今、待ち合わせの喫茶店に到着しました。お先にお店にはいっています』

奈流美さんからのメールです。慌《あわ》てて、スマホに文章を入力します。

『私達も、もうすぐ喫茶店に――』

文字を打ち込んでいる最中、突然、私の腕が強く引かれました。

低いエンジン音。

私のスニーカーの爪先を掠めるように、軽自動車が走り抜けて行きます。

首筋から後頭部に髪の毛が逆立《さかだ》つような、冷たい感覚が広がりました。

危なかった。

そのまま歩いていけば、車に撥ねられていたかもしれません。

スマホの操作で下を向いていた私の腕を、陸が強く引っ張ったのです。

「翡那まで事故に遭っちゃうよ」

幼馴染が溜息交じりに言いました。

「この交差点、危険だねぇ」

エンジン音に混じって、どこかクラクションが鳴りました。

『私達も、もうすぐ喫茶店に到着します。暫《しばら》くお待ち下さい』

車道から離れてメッセージを送信し、私はスマホを胸ポケットに収めます。

「急ご」

「慌てると、事故に遭うよ」

待ち合わせ場所は、大学の正門近く。ビルの二階の喫茶店です。

周囲の様子を確認しながら横断歩道を渡り、階段を上ります。

レトロなドアノブに手を伸ばした時、突然、店の中から声が聞こえてきました。

「どういうつもりで、今更、私の前に現れたんですか」

私達は顔を見合わせました。

聞き覚えのある声——それが、奈流美さんの声だったからです。

陸がドアを開けました。

「いらっしゃいませ」

店員さんが、店の中央に目を向けたまま言います。

その視線の先に、二人の男性と一人の女性が立っています。背を向けていましたが、すぐ分かりました。詰問するその声の主は、やはり奈流美さんです。

「私に合わせる顔があるとは思えませんが」

良く通る声が店内に響きます。

店内のお客さんも店員さんも、三人に注目しています。

「無礼なのは承知の上です。それでもお話しする必要があると思いましたので――」

いかにも研究者――それが、奈流美さんと対峙《たいじ》している男性に抱いた第一印象でした。

分厚いレンズの黒縁《くろぶち》の眼鏡《めがね》。不精髭《ぶしょうひげ》。猫背でなで肩、面長《おもなが》なうえに頬がこけていて、痩《や》せている印象がより強く感じられます。

年齢は三十代の後半でしょうか。顔立ちは整っているのですが、髪の毛につやがありません。肌に張りがなく、疲労しているように見えます。

服装はグレーのジャケットに黒いシャツ。全体に陰気でくたびれた感じ。強い風が拭いたら吹き飛ばされそう。ただ、その目。何かを見透《みす》かすようなその瞳だけに、旺盛《おうせい》な知性と活発な生気が宿っています。

「姉さん。そういうなよ」

奈流美さんとその男性の間に、横向きに立っていた男性がいいます。

こちらは奈流美さんが対峙している男性とは全く逆。

高級感のある黒いスーツに白いシャツ、締められた緋色《ひいろ》のネクタイ。整えられた髪には、綺麗に櫛《くし》が入れられています。肌つやがよく、いかにも有能で明るく品行方正な印象。顔立ちは、どことなく奈流美さんに似ています。

「安堂さんを呼んだのは、私なんだ」

あんどう、アンドウ。安堂。最近、何処かで聞いた名前――そうだ。奈流美さんが、お父様の論文を盗んだ容疑者に挙げた人の名前です。

「姉さんも、いい加減、もう大人なんだろう。昔の事は忘れなよ」

「武智、私は安堂さんに聞いているの」

奈流美さんが、痩せた男性から目を離さずに言います。

実家で会った方とは別人かと思わせるほど、奈流美さんの言葉は鋭いものでした。間に入っていた男性を押しのけるようにして、躊躇《ちゅうちょ》なく生気のない男性の前まで歩み寄ります。

美人が本気で怒ると怖い、そんな言葉が頭に浮かびます。

「安堂さん。何の御用なのですか。貴方の口から答えて下さい」

その疲れた顔の真ん前、息がかかるほど近い距離で、奈流美さんが詰問します。男性の猫背が、仰《の》け反《ぞ》り気味になりました。

「鏡を――青銅鏡をお返し願いたいんです」

男性が上擦《うわず》った声を出します。

「教授にお貸しした鏡です。あんなものでも、代々我が家に伝わってきた物なので」

「貴方が、父に鏡を貸していたという証拠は？」

「姉さん。やめなよ」

後ろにいたスーツの男性が、安堂さんに密着せんばかりに近づいていた奈流美さんの腕を取り、強引に引き下がらせました。

「安堂さん、すいません。少し待って下さい。父の遺品を探してみますから」

男性の唯一生気を帯びている両目が、一瞬だけ、光彩を増したように思えました。

「申し訳ないけれど。よろしく頼みます」

「武智、勝手な事を言わないで」

「私は未だに奈流美さんに、許して頂けていないようですね」

陰気な男性は立ち上がりました。

テーブルの上の伝票に手を伸ばしますが、スーツの男性が先にそれを摑みます。

「支払いは私がしますよ」

疲れた表情のまま、男性――安堂さんは小さく頭を下げ、テーブルから離れます。

まだ何か言いたいことがあったのか、奈流美さんはその姿を追うように進んで――そして、私と目が合いました。

目が、大きく見開かれます。

「翡那さん、児島さん、いらしてたんですか」

「すいません。あの――お声を掛けづらくって」

「お見苦しいところをお見せして」

奈流美さんが恥ずかしそうに頭を下げます。私も慌てて頭を下げました。

背後でドアが開く音がしました。

振り返ると、安堂さんが片手でドアを開けて立っています。

「お騒がせして申し訳ありません」

頭を下げ、外に出ていきます。ドアが閉まり、店内の空気が僅かに煽られました。

奈流美さんが踵《きびす》を返しました。店の窓際まで行き、視線を下の街路に走らせます。

私も窓際に寄ってみました。

大学の門の周辺の光景が良く見えます。

交通量の多い道路。先ほど、私達が歩いた横断歩道。大学の門から建物の玄関まで続く石畳。芝生。塀際の糸杉などの光景が広がっていました。

「うん。ここからだと、大学の正門前が良く見えるねぇ」

傍に歩み寄ってきた陸が、的外れな言葉を発します。

すぐ階下の路上に、先ほどの陰気な男性が、猫背のまま歩み去っていく姿が見えました。

奈流美さんが敵意のこもった視線を、窓の下の男性の背に注ぎます。

「あの人は」

「安堂泰斗《たいと》、父の助手だった人です」

奈流美さんが独り言のように呟きました。

「衿角さんと児嶋君だね」

スーツの男性が笑顔で私達に声を掛けました。

「私は篠宮武智。篠宮秀介の息子で、奈流美の弟です」

「初めまして、児嶋です。こっちは義妹になる――」

「場所を変えましょうか」

陸の言葉を武智さんが遮《さえぎ》りました。

店内にいる人たちの目が、こちらに向けられたままです。確かに、こんな事で周囲の注目を浴びているのは居《い》た堪《たま》りません。

「会計を済ませますので、先に出ていて下さい」

そう言いながら、武智さんがレジの前に立ちます。

「行きましょう」

奈流美さんが店の外に出たので、私と陸もその後を追いました。

「篠宮教授は、この喫茶店を利用することは多かったのですか」

「ええ。よく利用していました。それに私も弟もです。父の職場を訪れる時は、ここで待ち合わせをしていましたから」

「ここからなら、事故の現場も見えますね」

「事故の時も――」

奈流美さんが、悲しげな表情になりました。

「父が交通事故に遭った時も、弟はここにいたんです。父が車にぶつかる瞬間を見てしまったと言っていました」

「またのお越しを、お待ちしていますよ」

取って付けたような店員さんの声と共に、武智さんが店内からドアを開けて現れました。

「行きますか」

武智さんが私達に向け声を発します。

＊　＊　＊

「名刺、ありがとうございます」

陸が武智さんと交換した名刺を、テーブルの角に置いた自分の名刺入れの上に不器用な手つきで重ねています。

私が大学で就職担当の教官に教えられた通りのやり方です。

「すいません。弟が同行すると言ってきかなくて」

私の隣に座った奈流美さんが、小さな声で謝ります。

「お姉さん思いなんですね」

私も他の人に聞こえないように、小さな声で返します。

可愛《かわい》らしい制服を来た店員さんが、トレイを手に行き交っています。

ここは先ほどの喫茶店から、少し離れたファミレスの中。私達四人はテーブルを一つ占拠して向かい合わせに座っているのです。

「ご注文はお決まりですかぁ」

テーブルの傍らに立ち、注文用の端末を手に持った店員さんがにこやかに聞きます。

「私、チョコパフェ食べたい。せっかく東京に来たんだから」

私はメニューに指を当てて言いました。

「全国チェーンのファミレスだよ。富山や新潟と違いがあるとは思えないんだけど」

陸はあくまで冷めた口調です。

「違うの。東京で食べるチョコパフェは違うの。きっと」

「チョコパフェ一つでよろしいですかぁ」

店員さんが、にこやかに言いました。

「ええ。お願いします」

「僕は紅茶で」

「私達はコーヒーだけで。姉さん、それでいいね」

奈流美さんが頷きました。

店員さんが注文を復唱して、その場を離れます。

「わざわざお越しいただいて、すいません。父が、長く本を借りっ放しにしていて、申し訳ありませんでした」

テーブルの対面の武智さんが、小さく頭を下げました。

「ただ、その――お二人とも、本当に父の論文が盗まれたとお考えなのですか?」

「――というと」

陸がメニューをテーブルの定位置に戻しながら聞き返します。

「武智。お二人は、私に協力すると言って下さっているの。その人達に――」

「姉さん。人を疑うよりも、まずは本人の過失を考えるべきじゃないかな」

奈流美さんの発言を武智さんが穏《おだ》やかに遮ります。

「パソコンの操作ミスで、本人が削除してしまったとか、そっちの方が、まだあり得る話だ。論文がどの程度進んでいたかすら定かじゃないのに」

「でも、武智――」

「少子高齢化で、今後、大学の数はますます減っていくと言われています」

武智さんが、対面に座っている私達の方を向いて言葉を続けます。

「国からの運営交付金も毎年削られていて、大学の運営も、研究も、本当に厳しい局面に立たされている。どんな分野であれ、研究者はなるべく多くの論文を書き、実績をあげて認められなくては生き残れない。だから知的所有権に今まで以上に厳しくあらねばならない」

「自分の研究を他者には、知られたくないって事ですか」

陸の言葉に、男性が頷きます。

「ええ、日本では、情報や知的所有権の管理に関して、今までが杜撰《ずさん》過ぎたんです。認識が甘すぎた。これからは、欧米並みの厳しい管理が必要になってくるでしょう」

「今の職場に配属される時、僕も研究の内容やデータを持ち出さないっていう誓約書を書かされましたよ」

陸は、今、大手工作機械メーカーの研究所に配属されています。

就職した企業と卒業した大学が提携し、共同研究が行われているため、今は大学の研究室と企業を行き来する生活を送っているのです。

「昨今、自分の研究を他者に簡単に開示する学者はいません。だから、父が一人で論文を書いていた事も、内容を他者に知らせなかった事も、それ自体は不自然ではありません」

言葉の後、武智さんが下を向き息を一つ吐きました。

「私も当初は、父が論文を他の人に見つからないようにしていたのかと思いましたよ。しかし、父のパソコンの中には論文の草稿や資料なども一切《いっさい》ないんです」

奈流美さんの表情が曇りました。

「資料や草稿が揃っている状況ならば、盗まれたとも思える。でも、そういったものが何もないとなると、初めから論文など書いてなかった――そういう可能性だってある。私には、父が論文を書いていたというのは、父のブラフ。ハッタリだったとも思えるんです」

武智さんが声を潜めます。

「大学内にも学長の選挙とか、学部への予算配分とか、政治的な駆け引きがあります。父は、『もうすぐ自分の論文が書きあがる』と主張して、何かしらの駆け引きに使った――言い難い事ですが、そういう事も考えられるんですよ」

私の脳裏に、幼い頃にあった男性の姿が思い浮かびました。あの品のいい紳士にも、私が想像も出来ないような研究者としての一面があったようです。

武智さんが奈流美さんに視線を投げかけました。

「私は他の大学の人間だから、奥學館大学の内情は分かりません。でも、自分の親が画期的な新説を論文にしていて、しかも、それが盗まれたというのは、あまりに無理がある。論文は初めから無かった、そう考えた方がずっと現実的だと思う」

「武智、貴方は、お父さんが他人を騙《だま》すような人だったと思っているの」

「事実を元に考えようよ。現に論文が無いんだ――」

武智さんが、口元を歪めて絞り出すような声をあげます。

「亡くなった親の事を悪く言いたくはないけれど、論文が無い以上は、そう考えるほうが妥当じゃないかな」

幼馴染が困惑した表情で、奈流美さんと武智さんとに交互に目を向けました。

「武智、私ね、お父さんが衿角先生に送った手紙を読ませてもらったの。父さんは、手紙で、自分に独自の学説があると手紙で書いていたの」

武智さんが、小さく溜息をつきました。

「それは大学の先輩に、父さんが見栄を張ったんだと思うよ」

「どうして貴方は、お父さんをそこまで悪く言うのよ」

「むしろ姉さんが、父さんを過大評価しているんじゃないの？」

「ヘビ、ハチ、ムカデ」

脈絡もなく陸が言います。姉弟の視線が陸に注がれました。

「ヘビ、ハチ、ムカデ。それに出雲大社に関わる事。生前、教授は御自分の論文について、そう仰ってたんですよね」

「ええ、そうです」

「奈流美さんには、お話したのですが、これはオオクニヌシが黄泉の国に行った際、通された部屋にいた生き物の事ではないかと推測出来ます」

武智さんが、戸惑ったように顔を顰めました。

陸が、手に持ったスマホの画面を武智さんに向けます。

「これは奈流美さん送ってもらったお父様の本棚の写真です。『蛇　日本の蛇信仰』『日本のカメ・トカゲ・ヘビ』『多足類読本』『日本昆虫目録9巻膜翅目《まくしもく》』『狩蜂《かりばち》生態図鑑』――これらはヘビ、ハチ、ムカデに関する書籍ですよ」
私も、幼馴染の手にあるスマホの画面に目を凝《こ》らします。

そこに、沢山の本の背表紙——書籍が満載されている本棚の画像がありました。陸の言う通り、宗教や文化、歴史関連らしき専門書の間に、それらの生物にかかわる本の背表紙が、まとめて並べられています。

武智さんが、自分の額に一度手を当てました。

「姉さん。父さんの書斎に入ったのか」

咎めるような口調でした。

「娘が父親の部屋に入るのが悪い事なの」

「研究者の蔵書からは、その研究の内容が推測出来る。本棚を第三者に安易に見せるのは、どうかと思うよ」

「お父さんと書斎の中には、学校から借りた本や、人から借りっぱなしになっている資料が沢山あるの。こうでもしないと整理が出来ない」

「だからと言って——」

「写真を頼んだのは僕ですよ。申し訳ありません」

とりなす陸に、武智さんが目を向けました。

「児嶋君。君も研究職なら分かるだろう。研究者の蔵書を許可なく撮影するのはプライバシーの侵害というだけではなく、知的財産権の干犯《かんぱん》にもなりうる」

「その大事な研究が、誰かに盗まれているのかもしれないのよ。それに、武智、貴方、お父さんの遺品の整理、何もしないじゃない」

「それは話のすり替えだよ。今はそういう話をしているんじゃ――」

「お待たせしましたぁ」

棘《とげ》を含んだ言葉のやり取りは、女性店員の間延びした声でかき消されました。

「チョコパフェがお一つとぉ、レモンティー。それにブレンドコーヒー二つ。ご注文は、以上でよろしかったですかぁ」

「ありがとうございます」

二つの意味で感謝しつつ、私はなるべく明るい声で言いました。

「追加注文して良いですか」

「はぁい。ありがとうございますぅ」

姉弟が冷静になる時間を稼ぐため、私は再びメニューを手に取ります。

「あの――ええと、オレンジジュースってありますか」

意識して明るい高い声を出しました。これで篠宮姉弟の不機嫌が削《そ》がれますように。この場の殺伐《さつばつ》とした空気が、少しでも和《やわ》らぎますように。

「それでしたらぁ、ドリンクバーとセットにした方がお得ですがぁ」

「今からセットに変更出来ますか」

「はぁい。では、ドリンクバーを追加といたしますぅ」

「――いずれにせよ、教授の本棚には、ヘビ、ハチ、ムカデに関する書籍が揃っています」

私の気遣いが分かったのか、陸がゆっくりとした動作でシュガーポットからスプーンで砂糖を掬《すく》い紅茶に落としながら口を開きました。

「教授にとって専門外の文献でしょう。これらの本があるという事は、お父様は、自分の論文で扱うため、これらの生き物を調べていたと考えられないでしょうか」

「武智、黙っていたけど、私、お父さんのパソコンのデータ管理専門の業者さんに持って行ったのよ」

奈流美さんが、椅子に座り直しました。

「文書を復元は出来なかったけど、いくつかのパソコンの文書データが不自然に削除されていたのを確認出来たの。それが四月一七日。お父さんが事故に遭って三日後。誰かがパソコンを開き、データを持ち出したうえで、元の文書を削除したと考えられるの」

「そんな事までしていたんだ」

武智さんが、再び額に手を当てます。

「なんで、私と母さんに黙って勝手な事を――」

「ごめんなさい。でも――」

奈流美さんが、少し早口で言いました。

「お父さんが独自の新説を論文に残そうとしていた。私には、それが嘘とは思えない。武智は、お父さんが考えていた学説を世に出したいと思わないの」

「もし本当に、新説があるのなら、勿論、世に出て欲しいとは思うけれど」

「このままだと、篠宮研究室も解散になってしまう。お父さんの研究を継ぐ人もいなくなってしまうの。それでもいいの」

暫くの沈黙。武智さんが口元に手をやり、それから一つ溜息をつきます。

「姉さん。もしかして安堂さんを疑っているの？」

武智さんに問われ、奈流美さんが眉間に皺を作ります。

「あの人も容疑者の一人。お父さんのパソコンに触れる機会があって、論文を盗用して利益のある人物。そう考えるとね」

「それ、姉さんの個人的な感情で言っているんじゃないのか」

「客観的にみて、あの人が一番可能性が高いと思う。研究から外されて、お父さんを恨んでいるかもしれない」

奈流美さんが、突き刺さるような目つきで、自分の弟を睨《にら》みました

「安堂さんというと、先ほど喫茶店にいた方ですよね。講師と聞いていましたが」

またも険悪になりそうな空気を恐れて、私は口を挟みました。

「安堂さんは、とても優秀でね。本来なら父の研究を継いで、今頃、准教授くらいにはなっていたはずの人です」

武智さんは、ここで一度周囲を見回します。

私の脳裏に、先ほどの貧相な男性の姿が浮かびました。あの人、そんなに優秀なんだ。

「でもね、父は、あの人を研究室の後継から外したんだ。今も講師の一人として研究室に在籍してはいるが、まあ、いわゆる『飼い殺し』ですね」

周囲を憚《はばか》るような小さな声でした。

「姉さんとは随分と親しくしていて、それなのに」

「もう十年も昔の話でしょう。今さら、あの人にどうこう思う事はありません」

強い口調で奈流美さんが断言します。

「親しくしていたとは、その——交際していたという意味でしょうか?」

不躾《ぶしつけ》な問いだったかもしれません。

でも、奈流美さんは、黙って首を縦に振りました。

「武智。お父さんの論文が盗まれたのかもしれないの。削除されたデータの内容が確認出来るまで、私は引きませんから」

「人をむやみに疑うのは、どうかと思うよ。冤罪《えんざい》を作りかねない」

弟の口調は、姉に比べて大人びています。

「何を言われようが、この件で引くつもりはありません」

無表情に姉――奈流美さんが返します。

「姉さんは総務省のキャリアだろう。もっと慎重に行動するべきじゃないの。安易に、人を疑う行為は控えるべきだと思うよ」

「いえ、止めません」

「冤罪を作りかねないのに？」

くぐもった声を武智さんが発します。

「ええ、それでも」

「それならば、私は協力出来ないな」

平静を装っていますが、その声に少なからず怒りが籠《こも》っているように感じられました。

「勝手にやりなよ」

武智さんが、姉を睨みながら立ち上がります。その膝頭がテーブルにぶつかり、一度も口をつけなかったコーヒーがテーブルの上に僅かに零《こぼ》れました。

＊　＊　＊

「良く来てくれました。歓迎しますよ」

通された部屋の奥、机に向かっていた一人の女性が、椅子から立ち上がって言いました。見た目は四十歳を過ぎたくらい。小柄で長い髪を頭の後ろで一つにまとめています。切れ長の目が輝いていて、いかにも頭が良さそうな雰囲気を纏っています。

「ご無沙汰しています」

奈流美さんが、頭を下げます。

「直接お会いするのは、父の葬儀《そうぎ》以来でしょうか」

「教授の交通事故には、私達も驚きましたよ」

ここは、奥學館大学の一室。篠宮教授の研究室。

私と陸は、篠宮教授の無くなった論文の内容を推測するという名目で、こちらの研究室にお邪魔させて頂いています。

ただ、私達の訪問が、教授の論文を盗んだ犯人探しも兼ねているとは、この人たちは夢にも思っていないでしょう。

校舎の外観や引き戸は落ち着いた茶色、室内は白で統一された瀟洒《しょうしゃ》な建物の三階。窓から、芝生の植えられた中庭の様子が見て取れます。

清潔で垢抜《あかぬ》けた造りの学《まな》び舎《や》。私の通っている大学の味気ない校舎に較べると、学内の案内板や教室を示すプレート一つとっても凝ったデザインです。

いいな。こんな恵まれた環境で勉強していたら、良い成績がとれそうです。

目の前の女性が村迫さん。この大学の講師の一人。奈流美さんが、篠宮教授の論文を盗んだ容疑者の一人に上げていた人です。

「これがうちの祖父が生前、機関誌に寄稿した文章です」

私は村迫さんに家から持ってきた歴史サークルの機関誌を渡しました。

「ありがとうございます。教授が持ち出している書籍については、リストを作っておきました。高瀬、例の書類、プリントして」

高瀬と呼びかけられた男性がパソコンに向かっています。

こちらの男性は、グレーのTシャツ姿。短く刈り込まれた頭髪。均整がとれた体型にシャツの上からでも分かる筋肉。色黒で顔も体も引き締まっています。見るからに精悍《せいかん》で、研究者というよりもスポーツ選手といった方が納得出来ます。

院生で助教の高瀬さん。こちらも奈流美さんが容疑者にしていた人。

「どうぞ」

プリンターから出てきた書類が、村迫さんに手渡されます。椅子に座り、書類を机の上に置いて、女性研究者が印刷されている表を指し示します。

「マルがついているのが、こちらの研究室にあるものです。ついていないのが、ここにはないもの。おそらく、篠宮教授がご自宅に持って行かれているもの。三角がついているのが、購入した記録がないもの。篠宮教授が持ち込まれたものと思われます」

「ありがとうございます」

奈流美さんがプリントを受け取ります。

この村迫という女性を犯人の候補に上げていたはずですが、そんな態度をおくびにも出しません。流石、キャリア官僚です。

「こちらを確認させて頂いてよろしいですか」

陸が本棚の前で言いました。

「構いませんよ」

村迫さんの返事と同時に、陸の手が本棚に伸び、複数の本を次々に引き出しては机の上に広げていきます。

目が輝いています。この人は、いわゆる活字中毒。大の読書家。

調査目的ではなく、明らかに本人の好奇心に基づいた行動ですね。これは。

「おや」

人懐っこい笑顔。高瀬さんが私の胸元のスマホに貼られたシルエットステッカーを目敏《めざと》く見つけたのです。

「それって、ノコギリクワガタかな?」

「あ、わかります」

「ええ。ギラファノコギリクワガタですよね。ノコギリは個体によって顎《あご》の形状に違いがあっむう。シルエットだけで品種を見分けた上、ノコギリクワガタの個体差を知っているとは。

コヤツ、なかなか出来るな。

「懐かしいな。俺も子どもの頃は、近くの山の中に入ってクワガタを探したものですよ」

高瀬さんが歯を見せて笑いました。歯並びのいいのが目につきます。

「あなたも、ノコギリクワガタがお好きですか」

「いや、俺はどっちかというと、ミヤマ派です」

「ミ、ミヤマクワガタですか」

「ええ。ミヤマは日本のクワガタの王様ですから」

胸を張り、誇らしげにいう高瀬さん。

お、王様――ミヤマクワガタが王様。ノコギリクワガタを差し置いて。

「どうかしましたか」

思わず片膝をついてしまった私に、高瀬さんが声を掛けました。

「異議あり」

「え、何ですか」

「異議ありです」

私は立ち上がり高く右手を上げました。目の前の青年が驚いた顔をします。

「日本のクワガタの王者はノコギリクワガタ。ミヤマなんて、あんな毛むくじゃらは王様ではありません」

高瀬さんは勿論、奈流美さん、村迫さん、その場にいた学生さん、陸以外の人の全ての視線が私に集まります。

高瀬さんが、嬉しそうに言いました。

「あの金色の輝きこそが王の証ですよ。冠《かんむり》だってあるし」

ミヤマクワガタの成虫の雄は、体表に黄色っぽい細かな毛が生えているのです。また、その頭部はやたらと角ばっていて、一部のマニアはそれらを「金色の輝き」「冠」などといって珍重します。

「シャープなボディに湾曲《わんきょく》した大顎。ノコギリクワガタの方が、お洒落《しゃれ》で都会的じゃないですか。山奥にしかいないゴテゴテ体型のミヤマなんかより」

「ミヤマのあのクワガタらしい無骨さがいいんです。山奥にしかいないというのは、それだけ希少ということです。分かってないなぁ」

「分かってないのは、貴方でしょう」

「翡那」

陸が、視線をあげ私の方を見ました。

「都会的って何だよ。ノコギリクワガタがいる場所だって充分に田舎だろ」

「高瀬。可愛らしい女の子が来たからって絡んでんじゃないよ」

村迫さんも笑いながら口を挟みます。

「絡んでなんかいませんよ」

慌てる高瀬さん。

「ノコギリよりミヤマの方がカッコいいんです。ここは学問の府。我々は学究の徒。真実の追求は重要です」

「そういうのを世間一般では、絡んでいるというんだけどね」

研究室の人たちが一様に笑顔を見せました。

奈流美さんも笑っています。

「父が亡くなって、ゼミがどうなる事かと気をもんでいたのですが、村迫先生が引き受けて下さると聞いて一安心しました。でも無理なさっていませんか」

「色々と助けがあって、なんとかやっていますよ。安堂も助けてくれますから」

安堂、また、その名前が出ました。喫茶店にいた、あの貧相で陰気な男性です。

「ただ、来年度、研究室がどうなるかは予断を許さない。奈流美さん、やはり教授の論文は見つからないのですか」

「残念ですが」

奈流美さんが俯《うつむ》きました。

「出来るならば、このまま教授の進めていた研究を維持していきたいのですが、研究室が解散となるとそれも難しいでしょう」

村迫さんが下を向きます。

「もっと早いうちに、安堂をここの後釜《あとがま》に据《す》えておけば良かった。今だから言いますが、私は安堂の代理でね。教授が安堂を戻すと決められたら、すぐにこの研究室での立場を明け渡す。そういう約束があったんです」

「父がそんな事を」

「ええ。そして教授は来年度には、安堂と私を交代させるおつもりだったんですよ」

「あの人に、父の研究室を継ぐだけの実績があるのですか」

奈流美さんが、固い声を出しました。

「安堂は週に二コマだけの大学講師ですが、発表した論文の数も多く、その質も、私などよりもずっと高い」

村迫さんが、奈流美さんの顔を見つめました。

「教授と安堂との間に、どんな軋轢《あつれき》があったのかは知りませんよ。でも教授は、安堂を許すおつもりだったんです。貴女も少しは打ち解けてもいいんじゃないかな」

「ええと、すいません。ちょっとした質問があるのですが」

幼馴染が一冊の本を、頁《ページ》を開いたままこちらに持ってきました。

日本全国の有名神社を特集した本。いわゆる専門書ではなく、一般読者向けの写真が沢山載った雑誌です。

「このページに付箋《ふせん》が貼ってあるんですが。この付箋、篠宮教授の貼られたものですか」

「多分そうですね」

高瀬さんが、その本を一瞥《いちべつ》して言いました。

「その本は、リストにありませんね。教授が研究室に持ち込まれたものです」

「ここに聖《ひじり》神社って書いてある。埼玉《さいたま》の秩父《ちちぶ》市にある神社だって」

陸が開いたページには、神社の写真が載せられています。その前に大きな昔の銅貨のオブジェが設置されているのです。

「これ和同開珎《わどうかいちん》かな」

歴史の授業で習った記憶があります。

長い間、我が国初の貨幣《かへい》と謳《うた》われていましたが、実際は、それ以前に富本銭《ふほんせん》という貨幣が造られたと推定されていて、昨今では『初の流通貨幣』という表現に替わったと、歴史の授業で聞いた覚えがあります。

「そうみたいだね。飛鳥時代の末に、秩父地方で日本で最初に自然銅が見つかった。この神社はそれをきっかけに造られたと書かれているね」

「それって変じゃない。古墳時代とかにも青銅器が作られていたんでしょ。銅ってそれ以前にも見つかっていたんじゃないの」

「ああ、この場合はね。銅の塊《かたまり》が、そのまま見つかったって事」

「なにそれ、どういう事？」

「例えば、黄銅鉱《おうどうこう》は銅と鉄と硫黄《いおう》の化合物——自然界で見つかる銅のほとんどは他の元素との化合物で、いわゆる金属としての銅にするためには精錬が必要なんだ。ところが、ごく稀に、熟銅《にきあかがね》、純度が高い銅がそのまま見つかる場合がある」

「そういう銅が、ここで見つかったって事なの」

「うん。銅の発見に伴って、当時の年号が和同に替わり、元正《げんしょう》天皇よりムカデの像が贈られたんだそうだ」

陸が言葉を放つと同時に、周囲に視線を巡らすのを私は見逃しませんでした。

ムカデは、論文のヒントの一つ。それを出すことで、研究室の人たちの反応を見るつもりのようです。

「へえ。ムカデですか」

高瀬さんが、屈託《くったく》なく返しました。研究室の他の人にも、特に反応は見られません。

拍子抜けしたのか、陸が今度は村迫さんに開いた本を示します。

「この神社の鳥居、明神《みょうじん》鳥居ですよね」

「ええ、そうですね」

「朝廷により創建された神社で、祭神の一柱が天照大神《あまてらすおおかみ》。それなのに、神明《しんめい》鳥居ではないのですね」

「昨今、殆《ほとん》どの神社では、鳥居は明神系になっています。何と言っても神明系よりも目立ちますから」

村迫さんが淡々と返答をします。

「何それ」

「ああ、鳥居の形の話だよ」

「高瀬。説明出来る」

村迫さんが高瀬さんに話を振りました。背の高い男性が、一瞬、戸惑った様子をみせます。

「神社の鳥居は細かく分類すると六〇種類以上になるんですよね。で、それらは二つに大別出来る。それが神明鳥居と、明神鳥居でしたよね」

「そうそう」

机の上のパソコンが操作されます。画面上に、神社の鳥居のイラストが何種類も描かれたサイトが表示されました。

「皆も見て」

研究室内にいた学生さんが集まって来ました。

村迫さんから、私達に鳥居について説明がなされます。

神社の鳥居は「神明系」と「明神系」の二系統に分類出来るのだそうです。

「神明系」の鳥居はシンプルで直線的なフォルム、対して「明神系」は、仏教の寺院の影響を受けて装飾的。島木のさらに上に笠木という横棒が重ねられ、その多くが曲線的な反りが加えられているとのこと。

神明鳥居とは、伊勢の神宮など皇室に縁の深い神社で用いられている鳥居の形式。

つまり先ほどの陸と村迫さんとの会話は、聖神社は朝廷によって創建された神社なのに、皇室に近い神社で用いられる神明鳥居ではないと陸が指摘し、現在の神社は、そこまで厳密な区分が成されていないと村迫さんが返答した——と、そういう事のようです。

「神社の鳥居って、赤いっていう印象がありますけれど。これは違いますね」

「正確には赤ではなく朱色《しゅいろ》です。辰砂《しんしゃ》という顔料が使われているんです」

「辰砂というと水銀《すいぎん》——硫化《りゅうか》水銀ですね」

陸が本を持ったまま、独り言のように話します。

「写真からだと分かりませんが、この鳥居はコンクリートかな。昨今は、こういう鳥居が増えていてね」

説明する村迫さんに、陸が再び本を向けました。

「すいません。この神社に行ったことがありますか？」

「いえ、でも安堂なら行ったことがあると思いますよ。あいつは神社好きでね。東京近郊の名の知れた神社には、殆ど行っているみたいですから」

「その人は、今日はいらっしゃらないのですか」

陸が素知らぬ顔で訊きます。

「ああ、今日は学習塾の日です」

「塾ですか」

「ええ。週に一コマか二コマの大学講師だけじゃやっていけませんから。学習塾の講師とか家庭教師とかで凌《しの》いでいるんですよ」

「その人、ご紹介頂けますか」

「どうしたんです」

「この神社に興味が湧きまして。行ってみたいんです。もしかしたら、篠宮教授の論文の内容

明神鳥居

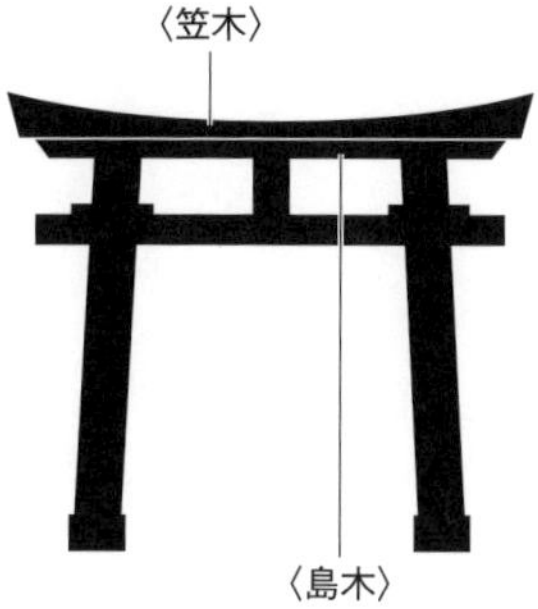

神明鳥居

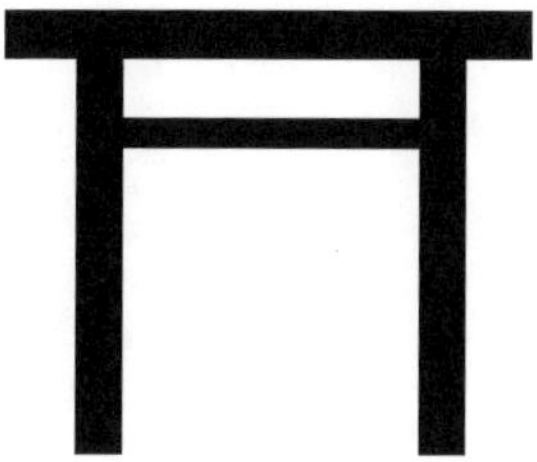

に関わることかもしれませんから」

「そういう事なら、連絡先を教えます。安堂なら案内してくれるかもしれない」

「その——良ければ、俺も参加させてもらえませんか」

やり取りを傍で聞いていた高瀬さんが、遠慮がちに手をあげました。

「よろしい」

私は厳《おごそ》かに言いました。

「貴方が、ノコギリクワガタ派に鞍替《くらが》えするなら、連れて行ってあげましょう」

「何を言っているんだ」

陸が私を咎めます。

「黙っててよ。今、大事なところなの」

「あのさ、翡那」

陸が眼鏡を掛け直しました。

「もし、自分がクワガタだったら、ミヤマとノコギリ、どっちだと思う」

「突然、何を言うのよ」

私がクワガタだったら——奈流美さんや姉のような人なら、間違いなくノコギリクワガタです。でも、私は洗練されてもいないし、都会的だなんてとても言えないし——。

「僕は、翡那はミヤマだと思うぞ。どっちかと言えば」

言い放たれた言葉で、私の頭の中が真っ白になりました。

ミヤマ——私、ミヤマクワガタ？　無骨な田舎者《いなかもの》？

高瀬さんが、白い歯を見せました。

「ちょっと、笑わないで下さい」

「いや、ごめん。でもね」

背の高い青年が、顔を伏せて身体を震わせています。

＊　＊　＊

「最初は洗顔だったよね」

「そうね」

姉に確認を取ると、私はシンクのカランを捻《ひね》りました。

給湯器の低い音。シンクにお湯が溜まっていきます。

ここは、姉と陸が暮らすアパートの洗面所。

二人の好みが反映されたのか、古いけれど比較的広い2LDKの住まいです。

アパートの周囲には、並木道があり、遊歩道もあり、公園もあります。休日には子どもの遊ぶ声が絶えません。駅からは遠く利便性は高くはありませんが、首都圏にしてはいい住環境なのではないでしょうか。

「まず、ぬるま湯で顔を水洗い。さらにクレンジングを使った洗顔をして、不要な角質とか、毛穴の汚れをしっかり流す——でいいよね」

「強くこすっちゃダメだよ。化粧を落とす場合だったら、目元とかメイクの濃い所を先に落としておいてね」

私はお湯を両手で掬い、自分の顔に浴びせます。

洒落た小瓶のふたを開け、左手に液体のクレンジングを零し顔全体に伸ばしました。次いでカランから流れるぬるま湯で、顔の表面の液体を洗い流します。

「タオルで顔を拭いたら、化粧水——だったよね」

「はい。そうです」

タオルを顔に当てがい、化粧水の小瓶のキャップを開け、中身の左の掌《てのひら》に垂らした上で、その手で自分の顔を下から上になぞっていきます。

「次は乳液だっけ」

「違うよ。美容液。翡那の場合は、まだ必要ないけどね」

美容液というのは、保湿、美白、エイジングケアなどお肌を美しく保つ効果がある特別な液体なのだといいます。

「美容液の使い方は色々だから、化粧品の会社が推奨している方法を、ちゃんと確認してから使ってね」

「うん」

「まず掌に出して、温めて」

いい香りのする半透明の液体を掌に出し、その掌を両頬に押し付けました。

「次はなんだっけ」

「乳液でしょ」

乳液は化粧水や美容液の成分を肌に定着させ、お肌の乾燥を防ぐ役割だといいます。その名の通り、白色の化粧品。私は、これまた掌に付けて顔に塗りました。

「場合によっては、この後にクリームとか日焼け止めを付けるの。ここまでがスキンケア。お化粧の前段階。暫く時間を置いたらベースメイクに入ります」

「お姉。その――質問」

目の前の鏡に、困惑しきった表情の自分が映っています。

「一般的な社会人女性って、この順番、ホントに暗記しているの」

「当然」

「ホントに、ホント?」

「当たり前でしょ」

「信じられない。私、とてもじゃないけど覚えきれないよ」

「何言っているの。まだ、ベースメイクにも入っていないのよ」

私はもうすぐ本格的な就職活動に入ります。化粧の仕方を覚える必要があるかと思い、姉に、そのやり方を教わっているのです。

今まで、覚えるのを先延ばしにしてきたのが不味《まず》かった。そのせいで「翡那は、ミヤマクワガタだ」などと言われてしまったのです。とにかく化粧を覚えましょう。目指すは、ノコギリクワガタのような都会的な女性です。

それにしても、本当に社会人女性は皆、こういう化粧の仕方を覚えているのでしょうか。女性の大半が普通に心得ている事を覚えられない私は、もしかしてお馬鹿なのでしょうか。

「貴女の好きな篠宮さんだって、これくらい普通にしているはずよ」

「そうなの」

「はい、じゃあ、少し休憩したら次は化粧の下地からね」

そういうと姉はその場から離れ、キッチンの方に行ってしまいました。

このスパルタ教師――心の中で毒づくと、そのまま洗面台の前にしゃがみ込みます。

「どうしたの。朝から疲れ切ってるね」

上を向くと、洗面所の入り口に幼馴染の顔がありました。

「損だ。女って」

「何、いきなり」

「めんどくさい。化粧。割に合わない。女って」

「落ち着いて、翡那、日本語になってないよ」

私は洗面台の前に立ち上がり、深呼吸をしました。

「女って化粧しなきゃならないじゃない。男ならしなくてもいいのに。酷い。差別よ。男女差別って、こんなところにもあるように思う」

「男だって、身支度はするよ。髭も剃《そ》らなきゃならないし」

「へえ。陸、髭生《は》えるんだ」

「そりゃ生えるよ。これを何だと思っているんだい」

陸が、歩み寄り、洗面台に置いてあったものを私の目の前に示しました。どうやら、折り畳み式の刃物のようです

「何よ、これ」

「何って、剃刀《かみそり》だよ」

幼馴染が憤慨《ふんがい》したように刃物を柄から引き起こして見せました。いかにも切れそうな刃が、鈍い金属光を放っています。

これが剃刀？　私の知っている『剃刀』は、実家の父が使っていた電気のシェーバーか、コンビニやドラックストアで売っているようなT字型の安全カミソリ。こういうナイフのような危なっかしい代物ではありません。

「これどうするの」

「どうするって、髭を剃るんだよ」

「こんなの使っている人、見たことないよ」

「自分で砥いで使うのが楽しいんだ。まあ、これを使うようになったのは最近だけど」

剃刀が折りたたまれ、刃の部分が、再び柄の中に収納されます。

ああそうか。

私は一人で納得しました。この幼馴染は、何かに凝りだすとそれを徹底して追究していく人。父に刃物の砥ぎ方を習ったので、それを剃刀でもやっているのです。

「女性は、化粧をすることで通常の自分よりも見た目が良くなるよね。男性の場合は、髭を剃らないと通常より見た目が悪くなる。そう考えれば、女性の方が良くないかな?」

「化粧の面倒臭さって、そういうレベルじゃない」

「モテるようになりたいとか言ってなかった?」

「こんなメンドクサイ事するくらいなら、いいよ。モテなくても」

この煩雑な手順を、皆、よく覚えているものです。毎朝、こんな手間のかかる儀式をして出勤していたら、私なら確実に遅刻します。

「こういう無駄を日本全国、いや、全世界の女性が行っているなんて、とてつもない浪費。その時間と労力が、生産的な事に使われれば、世の中もっと良くなります」

私は、勢いをつけて立ち上がりました。

「そう、私は、声を大にして全世界の女性に伝えたい。今こそ連帯して、この社会から化粧という無駄な風習を追放する時だ、と」

「何を言っているのよ」

開け放っている引き戸の向こうに、姉が腰に手を当てて立っています。

「お化粧は、ただの嗜《たしな》みってだけではなくて、楽しみなの。義務だとは思わずに、自分を装う楽しみだと考えるべきです」

「翠さん、さすがは洋裁師ですね」

陸の賛辞に、姉が嬉しそうに胸を張ります。

もっともらしい事をいっていますが、でもね、姉の今の服装は、着古して首回りが伸び切ったスウェット。どう考えても『装う楽しみ』を主張出来る姿には思えません。

「うん。化粧か」

陸が、独り言を呟きました。

「ハフニとハラヤだ」

「また訳の分からないことを言い出した」

「ハフニもハラヤも昔の化粧品の事だよ」

「へえ」

「七世紀だったかな、中国から日本に化粧品が伝来したんだ。ハフニというのは、別名、鉛白《えんぱく》、京白粉《きょうおしろい》と言われていてね。主成分は塩基性炭酸鉛《えんきせいたんさんえん》、つまり鉛《なまり》が含まれている」

「鉛って、金属の？　身体によくないって聞いたことがあるけど」

「うん。江戸時代、ハフニを日常的に使っていた上流階級の婦女子や歌舞伎《かぶき》役者は、鉛中毒になる例が多かったといわれている」

黙って話を聞いていた姉の鼻に皺が寄ります。

「昭和九年に、ハフニ——鉛を使用した白粉の製造が禁止されている。それでも、鉛白入りの物の方が美しく見えるとされ、それ以後も需要があったそうだ」

「毒と分かって使っていたって事？」

私の質問に陸が頷きました。

「そういう事だね。で、もっと危ないのはハラヤ。こちらは伊勢《いせ》白粉と呼ばれてハフニよりも高級とされていたんだ。でも、その主成分は塩化水銀《えんかすいぎん》」

「ちょ、ちょ、ちょっと待って」

私は、両手を陸の前に突き出しました。

「す、水銀も毒よね」

何が面白いのか、陸が笑顔になります。

「うん。鉛よりも危険。ハラヤ——つまり水銀が使われている化粧品が禁止になったのは昭和四九年。しかし、輸入される化粧品の中には、依然、水銀が含まれているものもあったとされ、それが規制されたのは、平成三〇年。つい最近の事だね」

「はあ。怖い。女の人の美への憧れって凄いねぇ」

「翡那だって女でしょ」

私の姉が、呆れたように言います。

＊　＊　＊

「事前に神社の管理団体に連絡しておきました」

レトロな雰囲気の小さな駅舎の中で、痩せた男性――安堂さんが言いました。

「和銅保勝会《わどうほしょうかい》という団体で、今日は、ムカデの像を見せていただける事になっています」

擦《かす》れてはいますが、意外にも、落ち着いた聞き取りやすい声です。

ここは秩父鉄道の和同黒谷《わどうくろや》駅。

ホームの一角には人の背丈ほどの和同開珎のモニュメントが据えられています。

線路を挟んだ向こうに見える小さな駅舎は、白壁と鎧壁、瓦《かわら》と赤茶色のトタンを組み合わせた屋根の素朴な建物。

「本当は、五人以上で、十日前に申し込まなければならないのだけれど、私達は歴史関係の研究者なので、配慮してくれたみたいです」

「良かったですねぇ」

陸が暢気《のんき》に頷きました。

駅舎の前で、私達が下車した電車をスマホで撮影している人がいます。

車体に、アニメの登場人物が描かれているからです。子どもの頃に見たあのアニメ、ここ秩父市が舞台だったのですね。あの人たちは鉄道ファンなのか、それともアニメのファンなのでしょうか。

そういえば、先ほど電車を乗り換えた駅のホームには蒸気機関車が停車し、待機していた人たちが機関車の前で順番に記念写真を撮っていました。構内には、マスコットキャラクターの三人の女の子のイラストがあしらわれた暖簾《のれん》や幟《のぼり》も並べられていたのです。

この鉄道会社、こういったマニアの心をくすぐるサービスに力を入れているようです。

「何て言うんでしたか――」

私は、駅のホームの上を歩きながら聞きました。

「アニメとかマンガの舞台となった土地を訪問する事」

「聖地巡礼の事かな」

そばにいた高瀬さんが、答えてくれました。

「聖地巡礼というなら、僕らもだね」

私の前を歩いている陸が口を挟みます。

「神社を訪問しようっていうのだから、これも巡礼だよ」

「言われてみればそうだ。本来の意味なら、我々の方が聖地巡礼ですね」

安堂さんが肩を小さく竦《すく》めました。

「秩父は聖神社だけではなく、秩父神社や三峰《みつみね》神社、宝登山《ほどさん》神社、秩父今宮《いまみや》神社もあり、観音信仰や妙見《みょうけん》信仰も盛んだったとされています。うん。確かに聖地と言えますね」

私達はちょっと不思議な組み合わせに見えたかもしれません。

痩せて貧相な安堂さん。背が高く、肩幅が広く、活力にあふれた高瀬さん。まだ少年らしさが抜けていない顔立ちの陸。

紅一点の私の顔には、下手な化粧が施されています。

いえ、努力はしたんですよ。頑張ってみたんです。でも、上手くいかなかった。

何故でしょう。化粧というものは、元の顔をより良くするものの筈なのに、元より悪くなっているような気がします。

おかしい。私、小学生の頃、図画工作は結構得意だったのに。

ノコギリクワガタのような女性になるまでの道のりは、険しそうです。

「安堂さん、荷物、持ちましょうか」

「いや。自分で持つよ」

高瀬さんの申し出を、安堂さんが小さく笑って断ります。

「衿角さんも、良ければ、荷物持つけれど」

「いえ、私も大丈夫です」

順序、逆でしょ――内心でツッコミつつ、私も笑顔でお断りしました。

安堂さんは男性。私は一応女性なのだから、まずは、私に先に声をかけるべきでは？

やはり化粧が下手だと、男の人に優しくして貰えないのでしょうか？

まあ、そうは言っても、私の手荷物は小さなバッグ一つ。わざわざ持って貰う物ではありませんが。

そういえば、先ほどの電車内で、高瀬さんは空いている座席に座ろうとしませんでした。一緒に来た先輩――安堂さんの前で座るのが失礼と思っているのか、ここに来るまでの間、吊革《つりかわ》を摑んだまま立っていたのです。

意外です。研究室では、人当たりのいい気さくなお兄さんって印象だったのですが。

こういう気遣いは、私、嫌いではではありません。好感が持てます。

でも、アニメの登場人物が描かれた電車とか、マスコットキャラクターの女の子のポスターが貼られた駅の中で、高瀬さんの体育会系の行動は、なんだか的外れにも思うのです。

「神社は、ここから歩いてすぐです。保勝会の方が待っていてくれている筈です」

私達は狭い路地を抜けて、交通量の多い国道に沿って歩いていきます。

視線をあげると山の岩肌に「和銅」の文字が掲げられていました。歩いている駅前の道には「和銅」の名前がついた農園やホテル、食堂、和菓子屋さんの看板も見えます。

新緑の山に挟まれた川沿いの平野。天気も良く、気持ちがいい風景。交通量の他は、私の実家のある糸魚川とそう変わらない自然環境に思えます。

何だか嬉しくなりました。

東京から、そう離れていないのに、こういう自然豊かな穏やかな風景があるんですね。

「いいですねえ。山も川もあって。私の実家の周りもこんな感じです」

「この辺りの地形は独特で、ジオパークに認定されているんです」

安堂さんが、こちらを見ずに説明します。

「そうなんだ。それも糸魚川と一緒ですね」

「何ですか。ジオパークというのは？」

「貴重な地形とか、珍しい地質のある場所が、認定されるんです。私の故郷の糸魚川もそうなんですよ」

高瀬さんの質問に私が答えます。

「もう少し詳しく言うと、地球科学的な価値の高い自然遺産の保全、活用、開発をすすめる地域を認定する活動ですかね。糸魚川はユネスコの認定する世界ジオパーク。秩父は国内認定のジオパークです」

私の答えを上書きするように陸が言いました。

くう。何だか悔しいぞ。

「秩父地方は、日本の地質学の発祥《はっしょう》の地とされています」

安堂さんは、意外に話好きのようです。

「そういう学問に発祥の地ってあるんですか?」

「衿角さんは、ナウマンゾウってご存知ですか?」

歴史の授業で習った気がします。

「確か、大昔の日本にいた象ですよね。マンモスみたいな」

「その化石を発見したのが、ハインリッヒ・エドムント・ナウマン博士です」

「ドイツの地質学者でね。いわゆるお雇い外国人の一人。明治政府に招聘《しょうへい》されて来日していたんだ」

陸が、安堂さんの説明を捕捉します。

「明治一一年、ナウマン博士は、ここ秩父を皮切りに長野《ながの》、山梨《やまなし》、神奈川《かながわ》を経由する日本で初めての近代的な地質調査を行っているんです。だから秩父は、日本の地質学発祥の地、そう言えるんです」

安堂さんが訥々《とつとつ》と続けます。

「当時から続く地質調査により、秩父地方は、昔、海だった事が判明しています」

「『古《こ》秩父湾』、それに『古秩父湾堆積層《たいせきそう》及び海棲哺《かいせいほ》乳類《にゅうるい》化石群』ですね」

陸が呟きました。

「何。それ?」

「今から一七〇〇万年から一五〇〇〇年前まで、この周辺は海だったとされているんだ」

「へえ」

「岩石や地層が現れている箇所を露頭《ろとう》といいますが、ここ秩父の地層の複数の露頭と化石群が、天然記念物に指定されています」

陸と安堂さんが交互に説明していきます。

この二人、なんだか妙に相性がいいみたい。先ほどの電車内でも宗教とか民俗学に関する話題で盛り上がっていました。

眼鏡を掛けていて、知識が豊富で、身形《みなり》に気を使わないところも共通しています。もっとも外見上は、安堂さんの方が『知識の沼にドップリとはまっている』感が強いのですが。

「ねえ。君のお義兄《にい》さん、何かの専門家?」

高瀬さんが、小さな声で訊いてきました。

「新卒の会社員ですよ。工学部出身。研究職ですけれど」

陸は今、社会人大学院という制度を利用しています。これは、社会人として働きながら大学院にも在籍して単位を取得出来る制度。

会社と大学を行き来している事もあって、『これじゃ学生時代とあまり変わらない』と本人は溢《こぼ》しています。

「歴史とか宗教とか地質とか、やたらと詳しすぎない？」

「そういう人なんです」

「安堂さんが、あんなに生き生きとしてるの初めて見たよ。僕らの専門って、かなりマニアックな分野なのに、理系でこういう会話出来る人っているんだ」

「とにかく昔から本ばっかり読んでましたから」

「新卒って事は、俺より年下なんだよなぁ。なんだか自信無くすよ」

口元を隠して言う高瀬さん。陸は、年齢に比べて子どもっぽい顔立ちをしているので、余計にそう感じるのかもしれません。

それにしても陸、この人たちと意気投合し過ぎていませんか。

論文を盗んだ犯人探しの件、忘れているんじゃないでしょうか。

＊　＊　＊

飛鳥時代の終わり近く、慶雲《けいうん》五年（七〇八）一月、ここ武蔵国《むさしのくに》秩父郡から和銅が見つかり、朝廷に献上されたとの記録が「続日本紀《しょくにほんぎ》」に書かれているそうです。

この場合の和銅とは、銅鉱石ではなく熟銅——ごく稀に採れる精錬の必要のない純度の高い銅の事だといいます。

当時の女帝元正天皇は、これを大いに喜び、年号を和銅と改元。和同開珎を発行。

また勅使《ちょくし》を遣わし、この地を神籬《ひもろぎ》——神霊の宿るところとし、金山彦尊《かなやまひこのみこと》を祀り祝典を挙げたと、インターネットのサイトには書かれていました。

聖神社の創建は和銅元年二月一三日。

熟銅が発見された場所から少し離れた清浄の地を選び、大日孁貴尊《おおひるめのむちのみこと》（天照大神）、国常立尊《くにのとこたちのみこと》、神日本磐余彦尊《かむやまといわれびこのみこと》（神武天皇）が併せ祀られています。

創建当時に採掘された和銅石は一三個。そのうち二個の和銅石が、現在も神社に保管されているそうです。また、元明《げんめい》天皇下賜《かし》の銅製のムカデ雌雄一対《しゆういっつい》も、御神宝として納められ、これも今日まで伝えられています。

朝廷は、養老《ようろう》二年（七一八年）には、養老律令《りつりょう》に贖銅法《しょくどうほう》を定め、銅を官納すると刑を減免する法令を定めています。文武《もんむ》、元明、元正《げんしょう》と三代にわたる天皇の積極的な鉱業の奨励策が功を奏し、この時期、日本各地で鉱物の発見が相次いだとされています。

＊　＊　＊

「参拝の前に、まずはこちらから」

目の前には、ネットで調べてきた画像の通り、コンクリート製で笠石《かさいし》に反《そ》りのついた明神鳥居があります。続く参道の両脇に『奉納聖神社』と大きく書かれた黄色の幟が幾つも建てられていました。

さらに奥に階段。その上にもう一つの鳥居が見えます。

目指す場所は間違いなくあそこ。

それなのに安堂さんは参道を素通りして、急な坂道を上に登って行くのです。

「和銅遺跡という、銅を採掘した、跡地が、あるんです。渓流《けいりゅう》の川辺」

なで肩の男性が、途切れがちの声で言います。舗装された坂道を僅かに歩いただけなのに、既《すで》に息が上がっているのです。

「お賽銭《さいせん》は、その渓流で、お清めしていくのが、良いと、されていて」

前を歩いている高瀬さんが、研究室の先輩を心配そうにふりかえりました。

「荷物持ちますよ」

「すまない。頼む」

よほど苦しいのか、今度は安堂さんも後輩の申し出を受け入れ、肩から下げていたバッグを渡します。

一車線道路の山道。道の脇に住宅、一方の側は下り斜面。ガードレールもありません。

雪が降って道路が凍ったら危険なのでは――日本海側の豪雪地帯の人間としては、つい、そんな心配をしてしまいます。

「おっと」

先頭を歩いていた高瀬さんが立ち止まりました。

アスファルトで舗装された道の向こうから、ネコが二匹こちらに進んできたのです。

一匹は茶トラでお腹が白いネコ。もう一匹は三毛。

二匹とも尻尾を高く掲げて歩み寄ってきます。

陸が手を伸ばすと、三毛の方が余裕《よゆう》綽々《しゃくしゃく》な態度で、その手に自分の頬をすり寄せます。

私も茶トラの背に手を伸ばします。指に柔らかな毛の感触が伝わってきました。

「仲がいいのねぇ」

「両方ともメスだ」

私は、可愛らしい生き物の姿をスマホのカメラに収めました。

「随分、人に馴れているね」

「神様が歓迎してくれているのかもしれませんよ」

ネコと遭遇して、さらに五分ほど坂道を上ったでしょうか。道路脇に『和銅遺跡』の立て看板がありました。そこから、林に向かって下りの石段が伸びていいます。

連れだって石段を下り、渓流沿いの林道を流れの上流に向けて歩きます。緩やかな林道は、園芸用のものらしき細かな砂利が敷かれていて、踏みしめる感覚が足裏に心地いい。

道の左右には、濃いものから薄いものまで様々な草木の緑が見られます。

要所要所の樹木に、遺跡への順路を書いた看板が掛けられていて。先ほどまでの舗装された道路に較べても歩きやすく、景色を見ながら進むだけで楽しくなります。

「人がいますよ」

高瀬さんが言いました。

気が付きませんでしたが、壮年の男性が三人、林道脇の木立の間で草刈りをしていたのです。三人とも、山吹《やまぶき》色のウィンドブレーカーを着ています。

「こんにちは」

「ああ、こんにちは」

「いいお天気ですね」

「もしかして、神社の見学を予約した人かい？」

草刈りをしていた一人、ゴマ塩頭の男性がこちらを向いて、にこやかに言いました。

ウィンドブレーカーの背中に、和同開珎の図案と『和銅保勝会』の文字がプリントされているのが見えました。

「はい。和銅保勝会の方ですね」

「ええ。そうです」

「よろしくお願いします」

安堂さんが頭を下げました。荷物を抱えて坂道を上っていた先ほどよりは、顔色が良くなり、呼吸も整っています。

「時間があったので、遺跡を見てから参拝しようと思いまして」

「正しい参拝の順序ですね」

男性が頷きました。

「この林道、よく整備されていますね」

「参拝に来る人たちのために、私達も頑張っていますから」

高瀬さんの言葉に、別な男性が胸を張って答えました。

「立派な樹木が多いですよね」

私はそう言って、林道のすぐ脇の木に手をかけました。

「それはケヤキです。ケヤキは埼玉の『県の木』なんですよ」

案内役だといった男性が、穏やかな声で言いました。

「伝統的な寺社建築に使われる木ですよね」

すかさず蘊蓄《うんちく》を語る陸に、またも男性が頷きます。

「江戸時代、奥秩父は幕府直轄《ちょっかつ》の『御林山《おはやしやま》』に指定されていたそうです。そのため、今なおこういった大木が数多く残されているんです」

「秩父に寺社仏閣が多いのも、ここに住む人たちが、何百年も森林資源を保護してきたおかげでもあるのですね」

男性は頷くと、渓流の川上を指差しました。

「遺跡には、このまま道沿いに進めばいいので」

「ありがとうございます」

「一〇時頃、神社の境内でお待ちしています。今日は、私が皆さんを案内させて貰いますよ」

「はい、では一〇時頃」

もう一度会釈を交わして、私達は川沿いの林道をさらに遡《さかのぼ》ります。

林の中に、お馴染みの木が混じっていました。

「暑い季節に、もう一度来たいなぁ」

「暑くなると歩くのが大変ですよ。虫だって出てくるし」

安堂さんが首を竦めました。

「それが良いんじゃないですか。あの木はクヌギ。こっちにはコナラです」

安堂さんの顔に、怪訝な表情が浮かびます。

「衿角さんは、昆虫採集が趣味みたいで、甲虫好きなんですよ」

苦笑いしながら、高瀬さんが解説しましました。

「クヌギとコナラには、カブトムシやクワガタが来るんです」

「へえ、昆虫採集。女の子には珍しいな」

「珍しくないですよ。別に」

私は慌てて否定します。

「子どもの頃の事だし、私、カブトムシよりクワガタが好きですし。一番好きなのはノコギリクワガタですし。ギリギリセーフです」

「どういう基準で、何がどうセーフなんだよ」

陸が容赦《ようしゃ》なく言います。

「いいじゃないのよ。とにかく、私は、ごく普通の二十一歳の乙女でございます」

「お、何か見えてきましたよ」

高瀬さんが前方を指差します。

林道の木の間から、赤茶けた大きな円形のものが見えます。

渓流のせせらぎに、小鳥の声、風で木々が微《かす》かに騒《ざわ》めきます。頭上は多彩な緑の葉が重なり、その隙間から、高く青く澄んだ空が覗きます。

ここで熟銅を発見した人々も、今、私の周囲にあるものと同じものを見て、同じ音を聞いていたのでしょうか。

歩を進めると樹木が途切れ――そこに奇妙な景色が広がっていました。

渓流の傍の樹木に囲まれた広場に巨大な円形の金属。その中央に四角い穴、その穴を取り囲んで、時計回りに「和」「同」「開」「弥」の文字が刻まれています。

そう。水場の傍の広場に、和同開弥の大きなオブジェが据えられていたのです。

「でかいなあ」

「うん。大きい」

「こうしてみると、昔のお金もカッコいいねぇ」

人の背丈の三倍くらいの高さはあるでしょうか。予め、ネットでこのオブジェの画像は見ていたのですが、ここまで大きいとは思いませんでした。

その台座に『日本銅貨発祥の地』と刻まれています。表面に僅かに錆《さび》が浮いていますが、そのせいで余計に重量感や存在感が増しているように思えます。

「あれが銅を露天掘りした跡。掘り出された銅は、この渓流で洗われたとされています」

渓流の向こうの斜面に、渓流に繋がった枯れ沢のような溝が二筋あります。あそこから千数百年前に、我が国で初めての銅の塊が掘り出されたのです。

「このオブジェの穴をうまく通すように、硬貨を投げて下さい。それからこの沢水に沈めてお清めして、それをお賽銭にすると願いが叶うと言われています」

「それって、難しくないですか」

私は改めてオブジェを見上げます。その側面は分厚く、上手く硬貨を投げて、穴を通すのは容易《たやす》くはなさそうです。

高瀬さんが鞄《かばん》から財布を出しました。

「やってみます。そっち側で見てて下さい」

言われるまま、私と陸はオブジェの裏側にまわります。

「投げますよ」

言葉の直後、穴の向こうから金色の物体が飛んできました。そのまま私の足元に落ちます。

「どう。そっちに行った？」

「来た来た」

私は足元の五円硬貨を拾い上げます。

「今度は私にやらせて」

私もズボンのポケットから財布を引っ張り出しました。生憎《あいにく》、五円玉がなかったので、十円玉を手に取ります。

「いくよぉ」

オブジェの表側に回り硬貨を投げましたが、十円玉は穴から外れ小さな音をたてて落ちました。

「こっちに来ないけど」

「外れたの」

「下手だな」

幼馴染が辛辣《しんらつ》な批評を下します。

「なんだとぉ」

「十円だからダメなのかも。百円なら」

「お賽銭に百円はちょっと」

「世知辛《せちがら》い」

「貧乏なんだもの」

「大丈夫。ここの神社に参拝すれば金運が上がりますから」

「百円の投資が、何倍かになって回収出来るかもしれませんね」

「それなら、いっそ千円札を紙飛行機にして飛ばせば」

「貧乏学生に無理させないで」

「お金で遊ぶもんじゃないですよ」

「それを言ったら、この風習自体が――」

すったもんだの末、一〇分ほどの時間をかけて、四人とも何とかオブジェの穴に硬貨を投げ通す事が出来ました。

「何分ぐらい？」

「このお金、そこの沢の水に沈めればいいんですよね」

陸の質問に、安堂さんが苦笑しました。

「さあ、特に時間は決まっていないと思いますけど」

「じゃあ、とりあえず一分としますか」

陸がそう言いながら、スマホを片手で操作しつつ、水の流れの中に硬貨を浸しました。

スマホのストップウォッチ機能で時間を計っているのです。

「陸、時間を計るのに意味はあるの」

「まあ、何となく」

この人、頭はいい筈なのに、どうしてこうもズレているんでしょう。

＊　＊　＊

「お先しますよ」

そう言いながら、安堂さんが、手水舎《ちょうずや》の屋根の下で柄杓《ひしゃく》を持ちました。

石造りの手水鉢の上に竹筒が据えられていて、そこから水が流れ出ています。

後ろには一の鳥居。周囲には、和同開珎の図案が目を引く黄色い幟が沢山立てられていて、目の前には急な階段。

なで肩の男性が、その水を右手に持った柄杓に受け、自らの左手に落とします。柄杓を持ち替えて次は右手。そして左手の掌に水を乗せ口に含みます。

さらにもう一度水を汲《く》むと、柄杓を両手に捧げ持ち器の部分を少しずつ上げていきます。柄を伝って水が零れ落ちました。

「はい。どうぞ」

高瀬さんに柄杓が手渡されました。

「翡那、ちゃんと作法通りに出来る？」

「出来るよ」

大丈夫。ここに来る前に、参拝の仕方についてネットでちゃんと調べてきたのですから。

私と陸も別の柄杓を取って、安堂さんと同じ所作で両手と口を清めます。

「行きますか」

「はい」

私達は、お互いに目配せをして歩み出しました。手すりのある階段を上り、二の鳥居をくぐると目指す神社の境内が目の前に広がります。

「翡那。参道の真ん中を通っちゃ駄目だよ」

「分かっているよ。ちょっと忘れてただけだってば」

慌てて参道の右側に身を寄せました。

そう。参道の真ん中は神様の通り道。左右のどちらかに寄って進むのがマナーとネットにも書かれていました。

境内の正面には神社の建物。柱や梁《はり》、軒天は朱、壁は白、屋根がくすんだ緑。

「違うね。パソコンの画像とは」

いかにも初心者な感想が、私の口を突いて出ました。

「そうですかね」

高瀬さんが首をかしげます。

「うん。建物だけ見ると、色彩が対立しているけど、少し離れてみると、不思議と調和がとれている――と思う」

「屋根の緑は銅の色。緑青と言われる銅の酸化被膜。白い壁は石灰、つまり水酸化カルシウム。朱色は辰砂、硫化水銀を顔料としたものだよ」

陸が嬉しそうに言いました。

「ポップアートみたい。違和感のある色使いが、躍動感を生んでる」

「辰砂は日本では縄文時代から使われていた顔料です。漆に溶いた辰砂で彩色された土器が見つかっています」

安堂さんが補足します。

漆――幼い頃、篠宮教授に会った時の事が思い出されます。

「古墳時代には、死者の体や棺《ひつぎ》の内側に辰砂が塗られて埋葬されていました。鳥居や神社の建物に朱色が使われるようになったのは、仏教の影響とされています。それ以前の建築様式が残されている神社では、辰砂は使われていません」

「辰砂には防腐作用もありますよね。昔の神社や鳥居が朱色に塗られていたのは、防腐剤としての役割もあったんでしょうね」

「――勉強になるわ」

やり取りを聞いていた高瀬さんが嘆息しました。

建物の前には、またも和同開珎のオブジェがあります。駅舎や遺跡にあったものと違って、専門の業者による鋳造品《ちゅうぞうひん》ではなく、銅板を組み合わせた手作りのもののようです。

「待ってましたよ」

先ほど林道でお会いしたゴマ塩頭の男性が、境内で待っていてくれました。

「まずは参拝をなさって下さい」

促《うなが》されるまま、神社の拝殿の前に立ちました。

事前に、ネットで得た情報を頭の中に思い浮かべます。

目の前にあるのが拝殿。この奥に、神社の中心となる本殿という建物があります。参拝者は通常、ここから本殿にいる神様に向けて手を合わせるのです。

ここでは、拝殿の入り口に注連縄が渡され、そこから紙垂《しで》が幾つも下がっています。

今日は、社務所が閉まっているらしく、お御籤《みくじ》、お守り、絵馬、破魔矢などが拝殿の前で売られています。

それらの品の多くが目にも鮮やかな黄色。

黄色は富の象徴と聞いたことがあります。和同開珎にまつわる神社なだけに『金銭』に御利益があるという事でしょうか。白、朱、緑、黄、この神社は、とにかく色彩に溢《あふ》れています。

私は、先ほど渓流でお清めした硬貨を財布から取り出しました。賽銭箱の上で手を放すと硬貨が、小さな音を立てて箱の中に落ちていきます。

鈴緒《すずお》を引いて鈴を鳴らします。社殿に二度頭を下げ、両手を二度打鳴らした上で合わせ、それから、また一度頭を下げました。二礼二拍一礼です。

「皆さん、よろしいでしょうか」

参拝を終えると、先ほどの男性が待ちかねていたように説明を始めました。

「この神社が創建されたのは和銅元年二月一三日。西暦七〇八年ですから、今から千三百年以上前と言う事になります。祀られている神様はカナヤマヒコノミコトといいます」

男性が片手を神社の建物の方に向けます。

「社殿は流《ながれ》造りの本殿と入母屋《いりもや》造りの拝殿の組み合わせ。江戸中期の建築とされ、秩父市指定有形文化財になっています。この建物は秩父の中町《なかまち》にある今宮神社から昭和三九年に、移築したもの。それまでの聖神社の建物がこちらです」

話しながら拝殿の左隣にある、小さなお社《やしろ》の前に歩み寄ります。

元の神社だという古い小さなお社も、凝った細工がなされた典雅な造り。小さいながらも、拝殿や本殿に劣らない品格が感じられます。

「陸、流造りって？」

「見た通り。この神社の造りだよ。形としては神明造りと同じ平入りだけれど、一方の屋根が、長く伸びている。現在の神社では、一番多く見られる建築だね」

「こちらにどうぞ」

男性が、私達を境内の片隅に誘導します。倉庫のような目立たない建物の入り口には、力強い毛筆で『和銅鉱物館』と書かれた看板が掲げられています。

「ここにはね、色々な鉱物が集められているんですよ。この付近で採集されたものも、そうでないものも」

男性が鍵を開け引き戸を開きました。

建物の中は一〇畳ほどでしょうか。広いとは言えません。部屋の中央に置かれたテーブルの上、それに壁の棚に所狭しと鉱物のサンプルが置かれています。

「銅鉱石、橄欖石《かんらんせき》――蛇紋岩《じゃもんがん》――おお、孔雀石《くじゃくいし》」

陸が、それぞれの鉱物を速足で見回りながら、小さな声で呟いています。呼吸が早くなっているのが、傍目《はため》にも分かりました。

そうです。こういう品は、この人の嗜好《しこう》を最大限に刺激するのです。

ゴマ塩頭の男性が、苦笑しながら、日本画らしい小さな掛け軸の飾られたガラスケースの前に立ちました。

「ここにあるのが蕨手刀《わらびてとう》という古代の剣です」

絵画のすぐ下に、錆に覆《おお》われた刀が置かれていたのです。

「おぉぉぉぉ」

普段は出さない声を上げて、陸が、ガラスケースの前に貼り付きました。

「写真を撮《と》ってもよろしいでしょうか」

「ええ、問題ないです」

男性が言い終わるのとほぼ同時に、陸がスマホのカメラで写真を撮り始めました。

収められている刀は、長さ四〇㎝位でしょうか。私が知っている「刀」よりも短く柄が湾曲し、その先の部分が丸く曲げられています。

「蕨手刀は、東日本、特に東北地方の遺跡で多く見つかる刃物です。束頭《つかがしら》が蕨のような形状をしているので、この名が付けられています」

男性が解説しました。

「この刀は、近くの小学校の校庭にあった古墳から出土したものです」

「鍔《つば》は小さいけれど全体の形状は、現代のハンティングナイフに似ているかな」

「もしかしたら、武器というより狩猟に使われていたのかもしれませんね」

陸の興奮した声に、安堂さんが答えます。

私にはむしろ、刀の後ろの掛け軸の絵の方が気になりました。

髪の長い貴族風の服装をした人物が描かれています。福耳で、鼻筋が通り頬が豊か。仏像みたいなお顔。服の柄や背景など細かく書き込まれた丁寧な筆致です。

「この絵は、何かの由来があるものですか」

「ああ、それは足尾銅山《あしおどうざん》にあったものだそうです」

案内の男性が答えてくれました。

「銅山の神様のようです。鉱夫達が、仕事に行く前に毎朝拝んでいたもの。銅山が廃鉱になった後、縁があってこちらの神社に持ち込まれたんですよ」

「足尾というと、明治時代に鉱毒で有名になってしまった銅山ですよね」

高瀬さんが口をはさみました。

「田中正造《たなかしょうぞう》が、天皇陛下に直訴《じきそ》しようとしたっていう」

「ええ、そうです。鉱山事業は、環境への悪影響と隣り合わせなんです」

「ここ、すごいな。宝の山だ」

食いつかんばかりの勢いで、陸が鉱物のサンプルの写真を撮り続けています。

デパートの玩具売り場の前とか、ペットショップで子イヌや子ネコを目にするお子様が、時々、こんな行動をします。幼馴染の子どもっぽさは、傍で見ている方を赤面させます

＊　＊　＊

「そろそろ出ませんか？」

数十分後、安堂さんが、建物の引き戸の前で遠慮がちに声を掛けてきました。

「はい。お待たせしてすいません」

そういいながらも、陸は名残惜しそう。

『後ろ髪を引かれる』という慣用句を地でゆく表情をしています。

私達は、案内の男性と共に、鉱物館の外に出ました。

聖神社の左脇の旧社殿、そのさらに左脇に、小さなお社のような建物があります。

高さは人の背丈よりも小さいくらい。赤く塗装された屋根に白壁。頑丈そうな金属製の開き戸が備え付けられていて、糸魚川の私の実家の蔵を思い起こさせます。

「このお社には四重に鍵がありまして、普段、それぞれ別の人が所持しているんです」

案内の男性が、金属製の扉に備えられた鍵を開錠します。

扉が軋む音と共に扉が開かれると、また扉。男性がかがむようにして、その扉の鍵穴に鍵を差し込むと頑丈そうな箱がありました。

箱の掛け金の鍵を開けると、また、鍵のついた箱があります。

「こちらにどうぞ」

男性が、注意深くその箱を持ち上げました。

私達は、箱を目の高さに持った男性に従って再び鉱物館の中に入りました。

男性が、入り口傍の小さな机に持ってきた箱を置き、そして最後の鍵を開けました。

箱の中には、白木の箱。男性はその箱の蓋に指を掛けました。

「では、開きますよ」

ほう、という誰かの息使いが聞こえてきました。私自身の口からも、声にならない小さな吐息が漏れます。

木箱の中には、雌雄二体のムカデ。

くすんだ緑色。生気を感じさせる触覚と無数の脚、それに尾にも二つの突起。全身の形状が自然な曲線を描いていて、今にも動き出しそう。

千三百年も前に作られたものだと聞いていたので、もっと抽象的な像を予測していたのですが、精巧でリアルな造形です。

実際にムカデをよく観察し、限られた技術で、出来る限り本物に近付けようとした当時の職人の努力が垣間《かいま》見《み》られるような気がしました。

「本物みたい。私、もっとデフォルメされたのだと思ってたよ」

「駅のアニメのキャラより、よほど写実的だよねぇ」

高瀬さんが、尤《もっと》もな感想を述べました。

「ムカデは百の足で『百足《むかで》』とも書きます。これが『百官』に通じる事から、熟銅が発見された際、朝廷より文武百官を遣わす代わりに、この像を送ったという伝承があります」

案内の男性が、ゆっくりと話しました。

「鉱山の坑道を、俗に『ムカデ穴』と呼び、実際にムカデが住み着く事から。また銅の鉱脈の見た目が、ムカデに似ているため、銅とムカデが関連付けられたとも言われています」

この日、私は自分が案外浮気者だと自覚しました。二体の像を見ていたら、クワガタに劣らず、ムカデもカッコいいと思うようになったからです。

これでは、オオクニヌシやギリシアの神様の事をとやかく言えません。

＊　＊　＊

『この電車は各駅停車の羽生《はにゅう》行きです。次は皆野《みなの》、お降りの方は――』

列車は既に動き出しています。

駅のホームから抜け出すと、先ほどまで私達がいた風景が車窓の向こうに姿を現し、そして後ろに流されていきました。

「派手でしたね。幟とお守りが黄色。拝殿が赤。屋根が緑。ほぼ全部原色で」

「うん。そうだった」

高瀬さんが答えました。

来る時と同様に座席には座らずに、私達の前に吊革を持って立っている為、私の顔を見下ろす形になっています。

「あ、忘れてた」

「何を」

「お御籤《みくじ》。引こうと思っていたのに」

参拝の後、引くつもりでしたが機会を逸《いっ》して忘れてしまったのです。

陸と安堂さんとで、何だかすごくアカデミックな会話で盛り上がっていたから、お御籤を引きたいなんて言い出せない雰囲気でした。

「ああ、そっか、ごめん。時間をとってもらえば良かったね」

何故か、高瀬さんが謝罪します。

「いえ、私が忘れただけで、謝って貰う事ではなくて――」

「和銅保勝会の方々は、普段からああやって案内しているのですか」

「ええ、ボランティアでやっているそうです」

列車の窓から外を眺めながら、安堂さんが陸の質問に答えます。

「神社というのは、何世代にもわたって、その地域に住む人々の心の拠《よ》り所《どころ》になる場です。あ
あいう形で、地域社会のアイデンティティを守っている人たちは立派ですよ」

悲し気な表情がその顔に浮かびました。

「私の家族には、出来なかった」

「出来なかった、と言うと」

安堂さんの視線が陸の方を向きました。

「私の家はね。祖父の代までは奈良《なら》の山奥の神社を管理していたんです。神主さんの常駐していない小さな神社だったけど、毎年、お祭りが開かれていて、地域の人達の集会所でもあってね。集落にとって必要な場だったんです」

陸に向けられていた目が伏せられました。

「でもね。その神社はもうない。神社だけではなく、集落自体が無くなってしまった」

「過疎化——ですか」

「人が少なくなっていく集落で神社はやっていけない。そう言って、祖父は神社を引き払いました。町の神社に合祀《ごうし》するという形式でしたけれど」

安堂さんが寂しそうに笑いました。

元々疲れて見える顔が、より強調される表情です。

「人が祀らなければ、神様は神様ではいられない。私達の家族は、自分達の先祖が守ってきた神社を廃して、集落を捨てたんです」

列車の振動が響きます。

暫くの間、言葉が途切れました。

「鏡のお話をしていましたよね。篠宮教授に貸し出したという」

「ああ、奈流美さんから聞いたのですね」

「その鏡は、神社に伝わっていたものなのですか？」

安堂さんがスマホを操作し、私達の目の前に示しました。

画面に、割れたお皿のような金属の欠片《かけら》がありました。緑色の錆に覆われています。

これらは明らかに、かつて円形だったものの一部。元の円の三分の一ほどの大きさでしょうか。その模様から、歴史の教科書に載っている銅鏡の破片だと分かります。

「江戸時代に、集落内の農地で見つかったものと聞きました。うちの神社に奉納されて、社宝として保存されていたと、そう聞いています」

「安堂さんのお手元に、戻っていないんですね」

「まだ、篠宮先生のお宅にあるのでしょう。武智君が探してくれているところです」

列車の振動に割って入って、オルゴールのような軽やかな音楽が流れました。

『お待たせしました。この電車は各駅停車の羽生行きです。次は――』

＊　＊　＊

「どうして、こうなっているんです」

陸が、低い声でいいました。

「だってさ、ただ待っているだけだと時間が勿体ないじゃない」

満面の笑みを浮かべながら、私の姉が言い訳します。

「すいません。仕事が思ったより早く終わって、私が早目に伺ったので」

謝罪の言葉とは裏腹に、奈流美さんも嬉しそうです。

キッチンのテーブルの上には、ビールとウィスキー水割りの缶。ミネラルウォーターに、グラス。それに氷。揚げ物と卵料理に、野菜の煮物が並べられています。

聖神社から戻ってきたら、奈流美さんに今日の出来事を報告する。教授の論文の内容や、それを盗んだ者が誰か、ヒントとなることがあったら知らせる。

ええ、そういう約束はしていました。

でも、自宅に戻ってみたら、奈流美さんと姉が、お酒を酌《く》み交《か》わしていたというのは、陸にとって完全に想定外でしょう。

「私、こっちに来てから、お酒を飲む機会なんて無かったから」

「私も、女同士でお酒を飲むなんて久しぶりで」

「楽しいですよねー」

「ねー」

二人が、顔を見合わせて笑いあいます。

考えていたよりも早い時間に奈流美さんが来てしまい、間が持たなくなった姉が、買い置きのビールを持ち出した。飲みながらお喋《しゃべ》りしていると、意外にも気が合って会話が盛り上がった。ビールはすぐに無くなったけど、近所の自動販売機から、追加のお酒を買ってきて――どうも、そういう状況らしいのです。

自分の身内を褒めるのも変ですが、私の姉は、人の目を引く容姿をしています。奈流美さんは勿論、綺麗で魅力的な女性。

そんな二人がお喋りしているのですから、女の私から見ても眩《まばゆ》いばかり。世の男性にとっては桃源郷のような情景でしょう。

姉と奈流美さん、双方の手にビールのグラスが握られていなければ、ですが。

「翠さんの料理、どれもおいしいですねぇ」

「きゃー嬉しい。ありがとうございます」

「いいなー。仕事から疲れて帰ってきたら、こんなお嫁さんが料理を作って待っているなんて。児嶋さんは幸せですよー」

「ええ、有難いと思っていますよ」

陸が戸惑い気味に言いました。

姉が、冷蔵庫からグラスを二つ、それに新たな缶ビールを持ってきました。

「翠さんってば、グラスを冷やしている。女子力高いですね」

「そうでしょ、そうでしょ」

姉が胸を張ります。

「ああ。私も、こんなお嫁さんが欲しい」

「お嫁さんになりたい、じゃないんですか」

「女の人が、誰でもお嫁さんに憧れるわけではありませんよ」

陸の不用意な言葉に、奈流美さんが不満そうな表情で切り返しました。椅子から立ち上がり、グラスを片手に仁王立ちになります。

「私は、お嫁さんになど行きたくない。お嫁さんが欲しいのです」

力強い宣言の後、女性官僚が腰に手を当ててビールを喉《のど》に流し込みました。

「陸も翡那も、飲もうよ」

姉が缶ビールのプルタブを開け、二つのグラスに中身を均等に注ぎました。

「そうそう。楽しんだ者が勝ちですよ」

「ご報告はどうします」

陸が、テーブルの下に鞄を置きながら尋ねます。

「お酒を飲みながら、お願いします」

奈流美さんが陸に目を向けました。

桜色の頬に流し目。潤んだ瞳が余計に色っぽさを煽っています。

＊　＊　＊

「人を診断するのに、あまり自信がありませんが――」

グラスを受け取りながら、陸が前置きをします。

「篠宮さんが、お父様の論文を盗んだ可能性があるとして挙げた三人、村迫さんも安堂さんも高瀬さんも、論文を盗んだ犯人には思えませんでした」

奈流美さんが髪を掻《か》き上げました。

「どうして、そう思うのですか?」

「篠宮教授の論文のヒントは、ヘビ、ハチ、ムカデ。だけど、村迫さんも高瀬さんもムカデに関してそれほど反応は見せませんでした」

言いながらグラスに口を付け、ビールで唇を濡らします。

「村迫さん――あの女性は出世欲が強くないように思えました。来年度には講師の仕事も減らすつもりだった。教授の論文を盗んでまで実績を上げる必要はない」

「翡那。飲んでる?」

話の流れを無視して、姉が私に聞いてきます。

グラスの中の泡立っている液体を少しだけ舐《な》めてみました。

うう。苦い。

私は、今、二十一歳。アルコールを飲んでもいい年齢になっています。

実家に帰った時、父の晩酌《ばんしゃく》に付き合う事もあるのですが、正直言って、ビールは好きではありません。

「高瀬さんについてはどうでしたか」

奈流美さんが目を伏せながら言いました。

「あの人、空手をやっているみたいですね。それに柔道も」

「どうして分かるの？」

私は横から訊きました。

「そんな話なんかしてたっけ？」

「手を見れば分かるよ」

握られた左手が、私の目の前に突き出されました。

「ここ、空手ではここを使って人を殴《なぐ》るんだ」

握り拳の人差し指と中指の付け根の部分が指し示されます。

「高瀬さんの両手のここ、傷が付いていた」

「あの人の手に、何か変わったとこあったっけ？　特に印象に残っていないけど」

「目立つものではなかったからね。昔の空手家は、ここに拳《けん》ダコを作っていたみたいだけど、今は空手も競技化が進んで、以前ほど、拳《こぶし》を鍛《きた》えてタコを作るような事は無くなったそうだよ。それでも、多少の傷は出来る」

「柔道もやっているの？」

「うん。多分ね。耳がわいていた。柔道家の耳だよ」

「耳がわくって？」

「柔道の寝技の稽古で畳に擦り付けられると、耳が腫《は》れるんだよ。柔道をやっている人は、それを『耳がわく』と表現するんだ」

「よく見ているねぇ」

この男、普段はボンヤリしているのに、こういうところは変に観察力が高いのです。

「高瀬さんはまだ博士課程です。大学教授の書くようなレベルの論文は書けない。教授の論文を自分のものと偽って発表しても疑いの目を向けられる。わざわざリスクを負って教授の論文を盗むとは思えません」

「村迫さんも違う。高瀬さんも違うとなると、安堂さんが犯人なのかな」

貧相で捉《とら》えどころのない人。体力は無いけど、豊富な知識を持つ人。安堂さんならば大学の講師ですから、教授の論文を発表しても疑われることは無い——。

「あの人の家は祖父の代まで、奈良県の集落の神社の管理をしていたそうです。しかし、集落に人が少なくなったため、その神社を廃さざるを得なかった」

陸が箸《はし》を右手に持って、目の前に置かれた皿の卵焼きをつまみます。

「安堂さんは、そこに罪悪感を抱いています。篠宮教授の論文は、神道に関する内容でしょう。神道や神社に関することで、あの人が罪を犯すとは考えられない」

確かに、その通りです。聖神社に参拝していた安堂さんの所作はとても端正で、真摯《しんし》な敬意が感じられました。

「それに篠宮さん。これは、お酒が入った席での戯言《ざれごと》と思って聞いてほしいのですが」

幼馴染が、突如、視線を上げました。体を椅子の背に寄り掛けます。

「その——貴方は、安堂さんが本当にお嫌いなのですか?」

「ちょっと、陸、失礼でしょ」

「あの日、喫茶店での奈流美さんと安堂さんの位置関係は、その——こんな感じでしたよね」

陸が開いた両手を胸の前に持ってきました。少し隙間を開けて、掌を向かい合わせにします。

「何ですか、それ?」

奈流美さんが、聞き返しました。

「ええとですね。その——僕は長年合気道をやっています。面白い武道でしてね。長くやっていると、人の心の動きについても、様々な事が見えてくるようになるんですよ」

陸が、ぎこちなく笑います。本人は緊張を和らげているつもりかもしれませんが、あまり成功しているとは言えません。

「間合いというものをご存知ですか」

「武道をする人の使う言葉ですよね。自分と敵との間の距離の事でしたか」

奈流美さんが答えます。お酒を飲みながらも、こういう抽象的な質問にあっさり返答するあたりに知性が顕れています。

「そう。戦っている相手との距離と角度。もっと言うなら、自分の攻撃が有効で、なおかつ相手の攻撃を出来るだけ受けない位置を探り合う事です」

陸の言葉を聞きながら、奈流美さんがグラスのお酒に口を付けます。

「これは武道の経験のない人も無意識にやっているんです。他者との距離を保とうとしたり、自分の正中線《せいちゅうせん》を、知らない人には向けないようにする」

「ねえ、陸。正中線って何？」

姉が、屈託なく聞きます
「人体の真ん中に沿う線の事。人の急所は身体の中心の線に集まっているんです。眉間、鼻、人中、顎、喉、壇中、水月《すいげつ》、それに——その下」

陸は椅子に座ったまま、言葉の順に、それぞれの自分の身体の箇所を指し示します。人中とは鼻と口の間の部分。水月というのは、胸とお腹の中間部分の事のようです。

「その下って？」

「空手でいうところの金的《きんてき》です」

「金的って何？」

「翠さん。それ以上言うとセクハラですよ」

「なによ。セクハラって」

陸が、酔っ払いの額を人差し指で押しました。姉が不満そうな表情をします。

「危険と思われる人物とは誰でも距離を取ろうとします。その相手の手が届く位置に近づこうとはしないし、正中線——身体の正面を相手に向けようとはしない。無意識にね」

「それは、そうだよね」

当たり前です。わざわざ危険人物に近づいたり、目を合わせたりする人はないでしょう。

「喫茶店にいた時の奈流美さんと安堂さんは違いました。ごく近い距離で、しかも身体の真正面を相手に向けていた」

「そう。まるで神社に参拝する人が神様に対峙するように。これは、お互いに相手を信頼していないと出来ない行動です」

「陸さぁ——」

何なんでしょう、この人は。

普通に訊けばいい事を、婉曲して変な事に譬えて。気を遣ったつもりなのかもしれませんが、そのせいで余計分かりにくい質問になっています。

「とにかく貴女は口で言うほど、安堂さんの事を嫌ってはいない。違うでしょうか？」

陸が、苦笑いしながら質問しました。

私は一昨日《おととい》の喫茶店での様子を脳裏に描きます。

奥學館大学傍の喫茶店で、確かにお二人――奈流美さんと安堂さんは、お互いに真正面を向いたまま身体が密着するほど近付いていました。

ああ、でも一方で――奈流美さんの弟さん、武智さんは常に安堂さんに対して、常に身体を横にしていました。ええと、つまり――武智さんは安堂さんに対して好意的な様子を見せてはいましたが、内心では嫌っている。

あれ？　もしかしたら、そういう事になるのでしょうか。

「村迫さんには動機がない。高瀬さんも安堂さんもやったとは思えない。そうすると、容疑者がいなくなってしまいますよね」

質問への返答を回避し、奈流美さんが話を戻しました。

「ええ。何よりも三人とも篠宮研究室の存続を望んでいますし」

「じゃあ他の学部生の一人が盗んだとか？　自分が、論文を発表出来るかどうかまで考える事無く、衝動的に」

「犯人は教授の論文を盗んだ上に専用のソフトでそれを上書きしている。つまり犯行は計画的なもの。衝動的ではないよ」

私の質問に、陸が首を左右に小さく振りながら答えます。

「奈流美さん。篠宮教授のパソコンに触れられる人。そして論文を盗む動機のある人は、他に誰かいないでしょうか」

「それは――」

奈流美さんは、言葉を濁しました。しかし、陸は視線を外しません。

奈流美さんが困惑しているのが分かります。

暫くの間沈黙が続きました。

「お姉、そういえばさ」

沈黙に耐えられず、私は口を開きました。

姉が、こちらを振り向きます。

「陸ってば、聖神社に行ったとき、女の子をナンパしたんだよ。可愛い肉食系女子」

「ちょっと、何言ってんだよ」

陸が珍しく慌てた声を出しました。

「これからも、お姉の目を盗んでナンパするかもしれないから、気を付けないと」

「それ、ホントなの？」

「嘘ですよ。嘘」

「嘘じゃないよ。ほら、証拠写真」

私は立ち上がった姉に、自分のスマホを手渡しました。

「陸がナンパした可愛くて目力のある肉食系女子」

スマホの画面を覗き込み、酔った二人の女性は吹き出しました。

「うん。肉食系だね」

「確かに目力もあるし」

画面には、日中、聖神社近くの道で撮影した二匹のネコが映し出されています。

「僕の人間性が疑われるような事、言わないで欲しいなあ」

陸が悔しそうにボヤキます。

「皆さん、いつもこんな感じなのですか」

奈流美さんが、口元を手で覆いながら聞いてきました。

「ええ、子どもの頃から、三人でいる時はこんな感じです」

「いいですねぇ。児嶋さん。綺麗な女の子二人が幼馴染なんて。両手に花ですね」

「陸、聞いた？　両手に花だってさ」

私は椅子に座ったまま、足先で陸の膝をつつきます。

「そうだね。譬《たと》えるなら、デンドロビウムとイトランかな」

「まあ、お上手」

奈流美さんが両手を頬に当て、吐息を吐きました。

「デンドロビウムって、お花の名前ですか？　何だか、怪獣《かいじゅう》の名前みたいですけど」

「確か蘭《らん》の一種です。綺麗な花ですよ。白とかピンクとかの花。イトランは白。大きな花ですけど、下を向いていて控えめで清楚《せいそ》な花」

「調べてみます。お姉、ちょっと陸の事を捕まえていて」

私に言われるまま、姉が後ろから抱き着く形で、陸を拘束しました。

「ちょっと、翠さん。僕が何で捕まえられるんですか？」

「ごめんね。陸。翡那が言うから」

姉が笑顔で言いました。

クワガタのシルエットステッカーのついたスマホを持ち出して、その検索欄に『デンドロビウム』の文字を打ち込みました。

一瞬の後、画面に五つの花弁の可憐《かれん》な花の画像が現れます。

「ね。綺麗な花ですよね」

奈流美さんが、色っぽく呟きました。

私は花の画像についている説明文を読み上げます。

「ええと、デンドロビウムはラン科セッコク属の学名。セッコク属に分類される植物の総称であるだって。花言葉は――」

ガタン。陸が座っている椅子が大きな音を立てました。

隙を見て椅子から立ち上がろうとした幼馴染を、姉がうまく押さえ込んだのです。

「デンドロビウムの花言葉、『わがまま美人』だって」

「わがまま美人」

姉が、私の言葉を復唱しました。

「ふううん。『わがまま美人』だって、陸、この花言葉、知ってたの?」

幼馴染の座った椅子が、ガタガタと音を立てています。

「次はイトラン――」

私は、検索欄に『イトラン』の文字を打ち込みます。

「イトランはリュウゼツラン科イトラン属の多年草。花言葉は『男らしい』」

私は姉に捉えられている陸のシャツの胸元を摑みました。

「おい、陸。だぁーれが、男らしいのよ」

「翡那と翠さん、どっちがイトランだとは言ってないよ」

「私とお姉で『男らしい』と『わがまま美人』なら、どっちがどっちか、言われなくても分かるわい」

「そりゃそうか」

「だぁーー、やっぱり私がイトランなんじゃないか」

「篠宮さん、こうなんですよ」

私に胸元を揺さぶられながら、陸が哀し気に訴えました。

「両手に花というより、前門の虎《とら》、後門の狼《おおかみ》――」

「りーく。君、明日、朝御飯抜きね」

陸に抱き着いたまま、姉が冷たい声を発します。

「翠さん。これは願望ですよ。僕の」

「何よ、願望って」

「僕は、翠さんに、もっとわがままを言って欲しいんです」

切り立っていた姉の眉根が、ゆっくりと下がりました。

「どういうこと」

「翠さんのわがままなら、もっと聞きたい。僕はそう思っているんです」

お酒で赤味を浴びていた姉の頬が、更に紅潮しました。

「糸魚川から引っ越してきて、ここで新生活を始めて、無理してるでしょ。もう少し、わがまま言ってくれて良いんですよ」

「もう、何言っているのよ」

陸の首に巻きついていた腕が緩みました。

「言っておくけど。陸。上手い事言っても、絆《ほだ》されないんだからね」

その台詞と裏腹に、姉の表情は実に嬉しそう。言葉と表情が一致していません。

「ちょっと褒められた位で機嫌が良くなるとか、私、そんなにチョロくないんだから」

姉の体が、陸の背中から離れました。

「分かった？　チョロくないのよ」

「分かってますよ」

「よろしい。それじゃ私、そろそろ明日の朝食の下ごしらえをしとこうかな」

姉が片目をつぶって見せ、上機嫌でキッチンスペースへ歩いていきます。

「あれ、朝食抜きとか言ってなかった？」

「もう、そんなの冗談に決まってるでしょ。奈流美さん、私、暫く席を外しますけど、遠慮なしに飲んでて下さいね」

陸が、大きな安堵《あんど》の溜息を漏らしました。

「何を安心しているのよ。私を『男らしい』と言った事への釈明がなされていないぞ」

私はシャツをさらに揺さぶりました。

「こういう言動は、充分に男らしいでしょうが」

プッと、奈流美さんが吹き出しました。

「いや、それは――」

言葉に詰まります。確かにその通り。男らしい行動です。

内心に蟠《わだかま》りを感じつつも、私は陸の胸元を摑んでいた手を離しました。

「すいません。そろそろ話を戻しましょうか」

舌先三寸で絶体絶命の危機を脱した男が提案しました。

「お話を戻すというのは？」

「教授の論文についてですよ」

綺麗な女性の表情が、引き締まりました。

「今日、安堂さんと色々な話をしたんです。その中からいくつかヒントを貰いました。犯人探しはともかく、教授の論文の内容に関しては、推察が出来そうな気がします」

「へえ。陸、良いのそんな事言って」

ちょっと意外です。

私の幼馴染は、よく言えば謙虚で慎重。悪く言えば、優柔不断で臆病な性格。こんな自信ありげな発言をする事は、滅多にありません。

「ただ、それを確認するために、行ってみたい場所があります」

「どちらに？」

「とりあえずは出雲大社。それから元伊勢と言われる場所をいくつか。それに安堂さんのお祖父さんが住んでいたという集落も」

「元伊勢というのは？」

「ああ、現在の場所に定まる前に伊勢の神宮のあったと考えられる土地です」

「そこに行けば、父の論文の内容を推察出来るのですか？」

「ええ」

陸が私の方を向きました。

「翡那は、あと何日、こっちに居るつもりだっけ？」

「明日、企業の説明会があるから、それを終えたら帰るつもりだったけど」

「申し訳ないけど、四日ほど予定を伸ばしてここにいて欲しい。僕が家を空けてる間、翠さんを一人にしておくのは、まだ、ちょっと不安があるからね」

「大学は、夏休み中だから問題ないけど」

「四日あれば、行ってみたい場所の殆どは廻れると思う。かなりハードスケジュールになりそうだけれど」

喋りながら、陸が鞄から本を引き出しました。

篠宮研究室から借りていた神社の本です。

「明日、すぐに出発したいんだ。だから、この本は翡那が研究室に返して欲しい」

「ん。分かった」

「奈流美さんにも、ご協力頂きたいことがあります」

「何でしょう」

女性官僚が、グラスのお酒に口を付けます。

「一つ目は教授の蔵書の全てを、写真に収めて僕に見せて欲しいんです。この間の写真は、蔵書の一部だけだったでしょう」

「それはちょっと難しいです」

奈流美さんが顔の前で、小さく手を振りました。

「前回の事で、父の研究の内容が流出しかねないと弟が警戒しているんです。父の書斎に入れてはくれないかも」

「無理ですか？　蔵書から、もう一度、論文の傾向を推察しようと思っていたのですが」

「もう一つは？」

「お母様——美佐子さんの連絡先を教えて欲しいんです」

「母ですか」

「ええ」

陸が、落ち着いた声で言いました。

「僕から、お母様に頼みたいことがあります」

＊　＊　＊

変だな。

そう感じたのは、夕方の駅の構内での事でした。

あの人、今朝も見た人ではないのか——。

今日の早朝、陸は出雲大社に向けて出発しました。次いで、私も企業説明会の為、姉に見送られてアパートを後にしたのです。

路上に出て暫く歩いたところで、後ろを若い男性が歩いてるのに気が付きました。サングラスを掛け、派手な黄色い半袖のワイシャツにダメージジーンズ。

あの人、サングラスが似合っていないな。

最初は、それぐらいしか感じませんでした。

駅に着き、切符を買い、ホームのベンチに座った時、先ほどと同じサングラスの若い男性が少し離れた場所にいるのを見かけました。

あの人、まだいる。行き先が同じなのかな。

その時は、そう考えました。

そして、今——説明会を終えた夕方、駅から陸と姉のアパートに戻る最中にも、私の後ろに、やはり、今朝見かけたサングラスの男性が歩いているのです。

これは偶然。たまたま出発の時間と、帰りの時間が一緒になっただけ。

そうコジツケて、無理やり自分を納得させます。

私が人に尾《つ》け回される理由などないのですから。

＊　＊　＊

偶然ではない。

確信したのは、その翌日、本の返却の為にアパートから外出した直後でした。

私の後ろを、またも黄色いシャツを羽織り、サングラスをかけた男が歩いているのです。

あの男は何者なのか？　私の記憶にはありません。

尾け回されているとしたら、その理由は？　この近辺に知り合いなどいないのに。

それとも、あり得ないほどの偶然が重なって、今度も行き先が同じになっただけ？

そもそも本当に昨日の人と同一人物なのか？　たまたま似たような服装の人を続けて見かけただけではないのか。

頭の中で、沢山の疑問が交錯します。

混乱したまま電車に乗り、奥學館大の最寄りの駅で下車しました。

駅から大学を目指して歩き出します。

五分ほど歩いて道を曲がった時、背筋に悪寒が走りました。

視界の端に、あのサングラスの男の黄色いシャツが入ってきたのです。

相変わらず車で渋滞している大学前の交差点を速足で横切り、大学の正門を抜け、研究室のある校舎に向かいました。


「どうしました。なんだか今日は静かですね」

研究室の中で、私が手渡した本を確認しながら高瀬さんが軽口を叩きます。

「暑いから、来るまでに疲れちゃったかな」

気軽な会話に乗る気になれません。

私は高瀬さんに訊きました。

「この校舎、裏口ってありますか。裏庭に行く出口」

「裏庭ですか？」

「ええ、正門からはではなく、今日は、裏門から帰りたいんです」

「そこの階段を一階まで降りてから、右にずっと進んでいけば裏門前の出口ですよ」

「分かりました。ありがとうございます」

不自然な態度になっているのが自分でも分かりました。


教えてもらった裏門から周囲の路上を見回します。

歩き回る学生らしき人たち。自転車。車道の自動車、バス、バイク。信号に交通標識。

あのサングラスの男はいません。

流石に裏門までは見張っていないのか。それとも、追いかけられていると思ったのは、私の自意識過剰だったのでしょうか。

でも、交差点の横断歩道の前で信号を見上げた際、私の楽観的な予測は覆《くつがえ》されました。

視界の隅に、またも、黄色いワイシャツが入り込んだのです。

振り向く事が出来ません。信号待ちをしながら、スマホのカメラを自撮り用にして、自分の肩越しの風景を画面に写しだします。

サングラス、黄色のワイシャツにダメージジーンズ。

あの男が狭い歩道の上をこちらに向けて歩いてきます。

ほら、翡那。落ち着いて。

深呼吸して自分に言い聞かせます。

こういう場合、どうするべきか。

まず、私は、そのままスマホで男性を撮影しました。

次いで、周囲の確認をします。

路上は、相変わらず多数の車で渋滞していますが、私の周囲には人はいません。道路の向こう側には、私と同じく信号待ちをしている学生さんらしき男の人が一人。

常識的に考えれば、まだ日の高く、周囲に人がいるこの状況で、私に危害を加えてくることは考えられません。

思い切って、あの男に対峙し、問い詰めるのはどうでしょう。

いや、ダメです。あの男が「常識的」である保証はありません。

刺激しない方がいい。

私は、そう判断しました。あれこれ考えている間にも、男が一定の歩調で、こちらに歩み寄ってきています。

頭上の歩行者用信号の青が点滅しています。この信号はもうすぐ赤に変わり、そして正面の信号が青に変わる——そうすれば歩き出せます。

スマホの画面から、サングラスの男が、もうかなりの近距離にまで追ってきている事がわかります。私は、スマホをポケットにしまい込みました。

『早く変わって』

心の中で信号機に祈ります。後ろを振り向くのも怖くなって来ました。

自分の動悸が嫌でも意識されます。

周囲の自動車のエンジン音に混じって、アスファルトの路盤を靴で踏みしめる微かな音が聞こえてくるような気がします。

動悸が、さらに大きく早くなってきました。

背後に人の気配がします。誰かが後ろに立っているのでしょうか。

でも、後ろを振り向くことが出来ません。

「衿角さん」

左横から、聞き慣れた声がしました。

声の方を振り向くと、背の高い男性が立っていました。

「高瀬さん」

「どうしたんです。幽霊でも見たような顔していますよ」

高瀬さんが人懐っこい笑顔を見せると同時に、向かい側にいた学生さんがこちらに向かって歩き出し、路上の自動車が、不躾な音をたてて動き始めました。

信号が変わったのです。

私を追い越して、一人の男が、速足で横断歩道を歩んでいきました。

あのサングラスの男です。

「あの人、知り合いですか」

高瀬さんの視線が男の背中を追っています。

「違います」

私は首を激しく振ります。

「でも、あの人、衿角さんに妙に近づいていたんですけど」

あの男、私を車道に突き飛ばそうとでもしていたのでしょうか？　そう考えると、頭髪が逆立つような気がしました。

「た、高瀬さんは、どうしてここに？」

「いや、衿角さんの様子が、何だか、おかしかったから。その――何かあったのですか」

「ええ、まあ」

ちょっと嬉しくなりました。

事情を話したい誘惑にかられます。でも、この人だって、まだ容疑が完全に晴れた訳ではありません。

「大丈夫です」

「そうですか」

「大丈夫ですけど、その――駅まで送って貰えませんか」

「構いませんよ」

背の高い青年が、快活に言いました。

＊　＊　＊

「翡那。明日か明後日、自転車屋さんに一緒にいってくれる？」

姉がそう切り出したのは、夕食の食卓での事でした。

「どうかしたの？」

私はコロッケに中濃ソースをかけながら訊き返します。

「自転車がパンクしちゃってたの」

お味噌汁《みそしる》の入ったお椀《わん》を手に姉が答えました。このアパートの前には、普段、陸と姉が共同で使う自転車を駐輪しているのです。

「何故だか分からない。もしかしたら、誰かが悪戯したのかも」

そう言いながら、姉が、小松菜の辛し和えに箸を伸ばします。

「今日は、何だか嫌なことが続くのよ」

「どんな事？」

姉が、行儀悪く箸でリビングダイニングの入り口を差しました。

「あれよ」

部屋の引き戸が開け放たれていたため、玄関までが見渡せます。

玄関先のドアの下に、大きくふくらんだゴミ袋が置かれていました。

「明日、ゴミの日なの？」

「違うよ。ゴミの日は今日」

姉が不機嫌な声を出しました。

「出し忘れた？」

「ちゃんと出したよ。でも、ゴミ袋が破られていたの」

「え、どういう事」

姉によると、何故か、今朝出したうちのゴミ袋だけが破られて、中身が周辺に散乱していたというのです。ゴミの収集車は既に行ってしまっていたため、姉は、新しいゴミ袋を持ち出して、散乱したゴミを再び回収せざるを得なかったとの事でした。

「陸がいない時に、トラブルがあると困るよ」

姉が口を尖《とが》らせて言います。

サングラスの男。それに自転車やゴミへの嫌がらせ。二日間で続けざまに起こった事は、さすがに偶然とは思えません。

ただ、それを言うのは憚られました。

故郷にいた時、姉は、男性に付き纏われ、何年もの間、不自由な生活を送っていたのです。

私は昨日、見知らぬ男に後をつけられた事を、メールで陸に伝えています。この事も、すぐにメールで知らせなくてはなりません。

＊　＊　＊

カン、カン、カン、カン。

規則的に金属を叩くような音が聞こえてきました。

外の階段を誰かが上ってくる音です。

私と姉と夕食を終え、ダイニングの椅子に座っている時の事でした。

陸と姉の住むアパートは、駅や商店街からは大分離れた、静かな住宅地。階段や通路は鉄板なので、人が歩く音が大きく響きます。

尤も、アパートの他の部屋の住人は年配の方が多いようで、夜の九時を過ぎると殆どの部屋の明かりが消えてしまいます。夜間、出入りする人は滅多にいないので、足音が気になる事はなかったのです。この時間の足音は珍しい。

ピンポン。

部屋の呼び鈴の音が鳴ります。

私と姉は、顔を見合わせました。

嫌なことが続いています。油断が出来ません。

「お姉。誰か分からないうちは出ちゃダメ――」

ピンポン。

言葉が終わるまえに、呼び鈴がもう一度鳴らされます。

ピンポン。

続いてもう一度、
ピンポン。ピンポン。ピンポン。

更に二度三度、続けざま呼び鈴が連打されます。

ピンポン。ピンポン。ピンポン。ピンポン。ピンポン。

普通の状況ではありません。

姉の顔が引きつっています。

ピンポン。ピンポン。ピンポン。ピンポン。ピンポン。ピンポン。

ピンポン。ピンポン。ピンポン。ピンポン。ピンポン。ピンポン。

突然、鳴り響いていた呼び鈴の音が消えました。

姉と私が再び顔を見合わせます。姉の顔に安堵の表情が浮かびます。

ドン。

しかし、僅かな間の後、今度は低く重い打撃音が響きました。

誰かが、外からアパートの玄関のドアを叩いたのです。

ドン。ドン。ドン。ドン。

ドン。ドン。ドン。ドン。

ドン。ドン。ドン。ドン。

続けざまに、太鼓のように幾度もドアが打ち鳴らされ——そしてそれもまた突然、止まりました。

カン、カン、カン、カン。

階段を降りていく足音がします。

「だめよ。翡那」

窓のカーテンの隙間から、外を覗こうとした私を姉が制しました。

「誰だかわからないけど、悪い奴かも。顔を覚えられちゃうかもしれない」

そういうと姉は部屋の明かりを消しました。

私と姉は、そのまま床にしゃがみ込みます。

「ちょっと、あっちの部屋に行こう」

スマホの明かりを頼りに、姉が、かがんだ姿勢で歩き出しました。私も後に続きます。

「これ、とりあえず持ってて」

姉が暗い中で、私に棒状の何かを手渡しました。

「何、これ」

「木刀。陸が合気道の練習で使うやつ。こっちは模擬刀《もぎとう》」

姉の手にあるのは、陸が居合の形稽古《かたげいこ》の練習に使っている刀。鞘《さや》に納められていて、鍔や柄《つか》もあり、外見は、いわゆる「本物の刀」と変わらないものです。

「どうする？　警察に電話しようか」

「まず、陸に連絡しよう」

姉がスマホを持ち出しました。

暗闇の中、画面の明かりが、強《こわ》ばった姉の顔を浮きたたせています。その場にそぐわないスマホの軽快な呼び出し音が、私の耳にも僅かに聞き取れます。

私は窓に近寄ると、出来るだけゆっくりとカーテンの隙間に顔を寄せました。室内が暗ければ、外からこちらを見られることもないでしょう。

「陸、電話に出ない」

背後から姉の声が聞こえてきました。

「翡那、何しているの、危ないでしょ」

「お姉。どうする」

「陸にもう一度電話して、連絡が取れてから、どうするか考えましょ」

「ちょっと待って、外に人がいる」

アパートに隣接する公園の前の路上を人影が移動しています。

男の人でしょうか。鞄を抱えているようにも見えますが、丁度、街灯の明かりの届かない位置なので良く分かりません。

分かるのは、その人影がこのアパートに近寄ってくることです。

「こっちに来た」

カン、カン、カン、カン。

アパートの外の階段を、速足で上がってくる音が、再び聞こえてきました。

「――翡那。木刀持って」

白い刃が暗闇の中で光りました。姉が模擬刀の鞘を抜いたのです。

唾を飲み込みます。自分の喉の音が耳にやけに大きく聞こえます。

「ドアに鍵、掛けているよね」

「掛けている。でも念のため」

次いで、小さな低い金属音がします。ドアノブが外から弄《いじ》られているのです。

暗闇の中、姉が息を呑むのが分かりました。

カタンという、無機質な音がしました。

「嘘」

姉が小さく呟きました。

聞き慣れた音。ドアの鍵が外された音です。

でも、まさか、そんなはずない。合鍵でもない限り、鍵を掛けたドアがそんなに簡単に開くはずがありません。

ドアノブが捻られる音。ドアが開く音。

ドアに煽られたのか、目の前の引き戸が音を立てます。

私は息を吐きました。

あり得ない事だと、脅《おび》えていても仕方がないのです。

呼吸を整え、持っていた木刀を頭の上に振り上げます。

侵入者が、玄関の照明を点灯したらしく、引き戸の隙間から明かりが漏れます。

息を大きく吸い、胸に溜め込みます。

目の前の引き戸を開けたら、思い切り叩いてやる。

「たーだいまーっと」

引き戸の向こうから、私達の内心とは真逆のノンビリとした声が聞こえてきました
「陸」

姉の喉から、擦れた声が出ます。

向こうから引き戸が開きました。

「あれ、起きていたんだ」

見慣れている幼馴染のシルエットが、照明の光の中に浮かび上がります。

「どうしたんですか。刀持って。稽古でもしていたとか」

「バカ」

姉が絞り出すように言いました。

「お土産《みやげ》を買ってきてますよ」

「バカ。バカ。バーカ」

姉がそう言いながら、陸に抱き着きました。

「陸のバカ。私、怖かったんだぞ」

私は、振り上げていた木刀を下ろしました。

「何で、帰ってきてるの？」

「何でって酷いな。メールを貰ったから、予定を切り上げて、早めに帰ってきたのに」

「帰るなら、帰るって言ってよ」

姉の肩越しに、陸がこちらを向きました。

「夕方、メールを入れておいたけど」

私は、暗い部屋の中で、姉と顔を見あわせました。

「メール、読んでた？」

「――読んでない」

壁のスイッチに手を触れました。

蛍光灯《けいこうとう》の光が目を刺します。

光の中に、以前と変わらないリビングダイニング、それに大きな鞄を持った陸と、模擬刀を持ったまま抱きついている、ちょっと間抜けな姉の姿が、浮かび上がってきます。

「改めて言います。陸のバカ」

「翠さん、泣いているんですか」

「ついさっき、玄関の呼び鈴がね――」

私は夕食後の起った顚末《てんまつ》を手短に話します。話が進むごとに、陸の表情が険しくなっていきました。

「刀、貸して下さい」

姉から模擬刀と鞘を受け取ると、陸は、それを馴れた所作《しょさ》で腰のベルトに差しました。

「ちょっと外に行ってきます」

「ダメ。行っちゃ嫌だ」

姉が陸のシャツの裾を引っ張りました。

「すぐ戻りますよ」

「行っちゃ嫌だ」

「大丈夫ですよ。翡那と一緒にここに居て下さい」

「行くなら私も一緒に行く」

聞き分けのない子どものように、姉が言い張りました。

＊　＊　＊

「さっき公園の近くで、人とすれ違ったんですよ」

陸が、玄関のドアに鍵を掛けながら言いました。

「この辺りは、夜、人通りが少ないですからね。もしかすると、あれは、ドアを叩いたヤツだったかもしれない」

あまり足音を立てないように、階段を下ります。

陸の腰には模擬刀。私は木刀を持ち、姉の手には料理用の麺棒が握られています。

姉は結局シャツの裾を放しませんでした。

意固地になった姉に、陸が勝てる筈もありません。何かあった場合、すぐに逃げて警察に連絡する事をくどいほど確認した上で、私達は三人揃って外に出たのです。

街灯の周囲を蛾《が》が飛んでいるのが見えます。

市街地の方から自動車が走る音が聞こえてきます。蒸し暑い空気が腕や首筋に貼り付いてくるような感覚。時折、風が吹いてはきますが、それは肌に涼感をもたらしはしません。

陸がアパートの集合ポストを探っています。

「どうしたの」

「これ見て」

ポストから、紙が引っ張り出されました。

白い紙に、角ばった黒く太い字。

『コジマリク、エリスミヒナ、出ていけ』

夜目にも分かるほど明確に、その文字が書かれていました。

「これ何なの」

姉が、か細い声を出しました。

「翠さん。大丈夫ですよ」

陸が意外なほど落ち着いた声を出しました。

「とりあえず、この紙を全部回収ですね」

他の集合ポストにも、それぞれ白い紙が突っ込まれています。私達は、それらの紙を全て引き抜きました。

「公園に行ってみましょう」

引き抜いた紙の束を両手で絞りながら、陸が、アパートの隣地の公園に向けて歩き出しました。

「見て、紙が貼ってる」

公園の入り口に設けられた、車止めの柵に、やはり同じ文面の紙が貼ってあったのです。

「気が付いて良かった」

幼馴染がその紙を毟《むし》りとります。

「陸、翡那、何か、人の恨みを買うような事をしているの？」

「そんな事はありませんよ」

「警察に連絡した方が良いんじゃない？」

「無駄だと思います。手際が良すぎる。興信所とか、その方面のプロがやっている事じゃないでしょうか。多分、指紋や筆跡みたいな証拠は残していない」

「興信所って探偵《たんてい》よね。正義の味方じゃないの」

「勿論、殆どの探偵さんは真《ま》っ当《とう》に仕事をしていると思うよ。ただね。一部には、この手の嫌がらせを請《う》け負《お》う悪質な業者もいるらしい」

三人で周囲を警戒しながら、公園に入りました。

私は姉に聞こえないように気を使いながら、陸に尋《たず》ねました。

「私を尾け回したのも探偵なの？　それにしては尾行とか下手だったよ」

「心理的に追い込むのが目的だから、敢えて目立つ格好をして、翡那に分かるようにしたんだよ。卑劣だよね」

古ぼけたブランコ、ペンキの剝《は》げた滑り台、それにベンチの上、至る所に、角ばった字の書かれた紙が、臆面もなく貼られていました。

私達は、それらを一枚一枚を、引きはがし回収します。

「他にはありませんか」

「陸。あれ」

姉が鉄棒を指差しました。

白い紙が一番高い鉄棒に貼りつけられ、ぶら下がっていました。

陸が鉄棒の前に歩み寄りました。

風が吹き、白い紙がまるで挑発するように、私達の目の前で揺れます。

幼馴染の右足が滑るように前に出ます。ぶら下がっている紙の前で、腰に差した刀の柄に手がかかり、その身が僅かに沈みました。

一瞬の後、刀が鞘から抜き放たれました。白い刃が街灯の明かりを反射して煌《きら》めき、鉄棒の柱の間を横に翻《ひるがえ》ります。

「斬れた」

私は自分の目を疑いました。

白刃《はくじん》の一閃《いっせん》と同時に、鉄棒から下がっていた紙の下半分が宙に舞ったのです。

さらに振り被られた刀が、上から下に弧《こ》を描くと残った紙も縦に大きく裂かれます。

「斬れた、また」

模擬刀は、見た目は「本物の刀」と変わりません。しかし、実際には刀ではない——ただの刀の形をした鉄の板。その刃は砥がれていません。

紙が斬れるはずがないのです。

「どうして。この刀、砥いでいたの」

「砥いではいないよ」

陸がゆっくりとした動きで、刀身を鞘に収めます。

小気味いい金属の音が微かに聞こえてきました。

「正しい使い方をすれば、模擬刀でも、この程度は出来る」

「よく、鉄棒にぶつけずに――」

無造作に腕を振っていたように見えましたが、模擬刀は鉄棒にも、それを支える柱にも全く触れませんでした

「間合いだよ」

幼馴染が、事もなげに返します。

「陸。もしかして、怒っているの？」

姉が困ったような顔をしています。

「まあ、少し」

「どうするの。警察に知らせる？」

先ほどと同じ質問です。

「翠さん。不安な思いをさせてしまってすいません。二日ほど待って下さい。その間に決着を付けますから」

陸が静かに言いました。

「本当は、事を荒立てずに解決したかったのだけど、あの人が、こういう手段を使うならそうもいかないよ」

＊　＊　＊

「私は、聞いていないよ」

応接間の入り口で、武智さんが言いました。

今日も髪は整えられ、仕立ての良いシャツを着ています。高級そうな腕時計。折目のはっきりしたスラックス、腰に巻きついているのはヘビかワニか、とにかく爬虫類《はちゅうるい》の革のベルト。

「奈流美と安堂君が来るとは聞いていた。しかし、児嶋君、衿角さんが来ることは聞いていない。約束なしで押しかけるのは、流石に無作法じゃないかな」

壁には、美しい風景画が飾られています。瑠璃色《るりいろ》の花瓶に活《い》けられている花は、レースフラワーという名前だったでしょうか。

部屋の備え付けの硝子《ガラス》の戸棚には、学業の研究での賞状や盾《たて》が沢山。私と陸が腰掛けている革張りのソファは、やたらと柔らかくて身体が深く沈み込みます。

「児嶋さんは、父さんの論文の内容を推察出来たそうです。それで来て頂きました。お話を聞かせてもらいましょう」

奈流美さんが取りなします。

「いや。申し訳ないが、日を改めて欲しい。こういう場合でも、筋は通すべきなんだ」

篠宮家は、閑静な住宅街の一角にある白壁に濃いオレンジの瓦屋根の小粋《こいき》な建物です。

窓からは、この家の曲線で組み合わされた鉄の門、ガレージには外国車、エントランスの石畳に芝生が植えられた庭が見えています。

「武智」

後ろから、一人の老婦人が声をあげました。

「その人達に来てもらったのは、私です」

老齢の女性が、立っていました。足が悪いらしくアルミ製の杖を突いています。

涼し気な白いブラウスに、シンプルな杏色《あんずいろ》のスカート。

子どもの頃の情景が、脳裏に浮かびました。

この人は、あの暑い夏の日、私の隣でしゃがんでいた女性。

篠宮教授の奥さん、美佐子さんです。

あの頃に較べると、小柄になり皺も増え——でも、その凛とした佇まいは、私の記憶の中の姿とまるで変わりありません。

「お二人は、私のお客様です。貴方の都合で、追い返したりはしないように」

「ご無沙汰しています」

陸が立ち上がり、頭を下げました。私も同じ動作をします。

「もう十年ぶりかしら、お二人とも随分と立派になって」

美佐子さんが笑顔で答えました。

陸も笑顔を返しますが、何処か眠たそう。

無理もありません。

昨日、私の幼馴染は朝からパソコンで調べものをし、奈流美さんと美佐子さんとメールのやり取りをし、外出してと教授の事故現場の近辺を歩き回り、アパートに帰ってきて、さらに深夜まで調べものをしていたのですから。

「紅茶を入れましょうか。それともコーヒーの方がお好みですか」

「お構いなく」

私は慌てて答えました。

遠慮したわけではありません。万一、この高価そうなソファを汚してしまったら――心配が先に立ったのです。

「状況を整理しておきたいのですが」

私と並んで再び長椅子型のソファに腰を掛けた陸が、低い声で言いました。

安堂さんはシングルタイプのソファ。

足が悪いせいでしょう。美佐子さんは、木製の高めの椅子に座っています。

武智さんは固い表情のまま入り口の傍に立っており、奈流美さんも私達のソファの後ろに佇んでいます。

「お父様──美佐子さんにとっては旦那様。篠宮教授は、何年か前に銅鏡を入手され、自分の長年の研究を論文として書き続けていらしたのですね」

「そうです。出雲大社の謎を解決する新説──何年も掛けて、じっくりと書き続けていると、父は言っていました」

「その論文は、出雲大社の謎を解き明かすもの。それにヘビ、ハチ、ムカデにまつわるものであると──お父様は、そう言っておられた」

奈流美さんが頷きました。

「そして、今年の春先、篠宮教授は交通事故に遭われ亡くなられた。その後、教授の身辺の整理をしたが、書かれていた筈の論文がない」

「そうです」

「待った。そもそも論文など書かれていなかった。その可能性も考慮して欲しい」

武智さんが、冷静な声で釘を刺します。

「そして教授のパソコンには、文書が消された痕跡《こんせき》があった。今はそういう状況です」

「ええ、そう。その通りです」

「消された文書があったとして、それが、論文だとは限らない。そうじゃないかな」

穏やかですが有無を言わせぬ語気で、姉の言葉を弟が打ち消します。

「では次に、篠宮教授と交流のあった衿角福一郎──ここにいる翡那の祖父の唱えていた学説についてお話しましょう」

陸が、ゆっくりと話し出しました。

「まず三種の神器について。皆さん、三種の神器をご存知ですか」

「安堂さんは宗教学者だよ。君よりもずっと詳しい」

武智さんが窘《たしな》めるように言いました。

陸が苦笑いします。

「そうですね。それなら安堂さん。三種の神器とは何なのか、ご教示をお願いします」

「三種の神器――」

いきなりの話を振られ、安堂さんが戸惑った様子を見せました。

「三種の神器はアマテラスオオミカミが天皇家の祖先であるニニギノミコトに授けたとされる宝。勾玉、鏡、剣。正式な名称は、八坂瓊曲玉《やさかにのまがたま》、八咫鏡《やたのかがみ》、草薙剣《くさなぎのつるぎ》。わが国の皇室の正統性を示す天津瑞《あまつしるし》――いわゆるレガリアの事です」

たどたどしいけれど、丁寧な口調です。

「ええ、そしてこれらは、翡那の祖父、福一郎の研究対象でもありました」

「八坂瓊曲玉は、アマテラスが天の岩戸に閉じこもった際、榊《さかき》の木に掛けられた宝玉。また、アマテラスとスサノオの『誓約《うけい》』に使われたとも言われています。八咫鏡は、やはり『岩戸隠れ』の際、アマテラスが岩戸から顔を覗かせた瞬間、その姿を写した鏡」

擦れ気味だった安堂さんの声が、徐々に流暢《りゅうちょう》なものになっていきます。

「草薙剣は別名天叢雲剣《あまのむらくものつるぎ》。スサノオがヤマタノオロチを退治した際、その尾から見つかった剣。のちに大和武尊《やまとたけるのみこと》が譲り受け、敵に騙され周りを火で囲まれた時、自らの周りの草を薙《な》ぎ活路を開くのに使われたとされています」

陸が嬉しそうに頷きました。

「では安堂さん、神器の素材は何でしょう。三種の神器は何で出来ているのですか」

「それは答えられません。誰にも分からない事ですから」

安堂さんが首を横に振ります。

「これらの神器は、古代のある時期――おそらくは平安時代の初期から、赤土の詰まった白木の箱に封印され、以来千数百年間、歴代の天皇ですら直接見る事は禁じられている。神器の材質は、今では誰にも確かめようがない」

「それでも、神話などから予測は出来ますよね」

この質問にも、安堂さんが苦い顔を見せます。

「スサノオノミコトはヤマタノオロチを倒して草薙剣を手に入れました。ヤマタノオロチは、斐伊川流域の製鉄を生業としていた人々の事を示すといわれています。そう考えれば草薙剣は鉄――ただ、一方で銅ではないかと思わせる記録もあるんです」

言葉が徐々に熱を帯びてきます。

「草薙剣の本体は、熱田神宮《あつたじんぐう》に御神体として安置されています。江戸時代の熱田神宮の改修工事の際、神官が、草薙剣を盗み見たと記述がされています」

安堂さんが、ここで一度、周囲を見回しました。

「それに『長さは二尺八寸、刃先は菖蒲《しょうぶ》の葉に似ている、剣の中ほどは盛り上がり、魚の脊骨《せぼね》のように節立っている。全体的に白っぽく錆はない』と記されています。これらは古墳時代の銅剣の特徴に合致している。ただ、これも果たして本当の事なのかどうか」

「では、八咫鏡は？」

「こちらも、はっきりとは言えません。古事記の時代の鏡は、一般的には青銅製。ただし、古事記には八咫鏡を『川上の堅石《かたしは》を金敷にして、金山の鉄を用いて作らせた』という記述があり、鉄とも考えられるんです」

「八坂瓊曲玉についてはどうでしょう？」

「一般的に勾玉の素材は翡翠、瑪瑙《めのう》、水晶、滑石《かっせき》、琥珀《こはく》など。神器の一つ八坂瓊曲玉の『瓊《に》』の文字は、赤色の玉という意味。瑪瑙には稀《まれ》に赤い色のものが見つかるため、八坂瓊曲玉は瑪瑙ではないかと考えられています。しかし、やはりこれも明確には分からない」

陸の質問に対して、安堂さんは的確に整理された解答を返してます。この人、確かに優秀なようです。

「ありがとうございます」

陸が安藤さんに頭を下げました。

「さて、私達の故郷、糸魚川で採取出来る宝石、翡翠は古代には青丹《あおに》と呼ばれていたとされます。そして『越後国風土記《えちごのくにふどき》』に『八坂丹《やさかに》は玉の名なり、謂ふ、玉の色青し、故、青八坂丹の玉という也』との記述があるんです」

陸が周囲を見回しました。

「『丹《に》』という玉を『色青し』としているわけですから『瓊』も赤い玉とは限らない。つまり必ずしも瑪瑙ではない。八坂瓊曲玉は翡翠の可能性もあるのです」

私の幼馴染が、両手を目の前で祈るように組み合わせました。

何だか不自然に思えます。

いつもの陸ではありません。この鼻につく、妙な芝居気は何なのでしょう。

「石器時代、青銅器時代、鉄器時代という古代史の区分があります」

「デンマークの考古学者、クリスチャン・トムセンの提唱した時代区分ですね」

安堂さんが解説を加えます。

「ええ。これらは汎世界的《はんせかいてき》な時代区分とされていますが、しかし、わが国、『日本』には、この時代区分が適用出来ません」

陸が武智さんの方を向きました。

「武智さんのご専門は科学史ですよね。ご説明願います」

疑うような表情をしながらも、武智さんが口を開きます。

「金属文化の伝来が遅れたためだよ。縄文時代の晩期、紀元前四世紀から三世紀に青銅器と鉄器が、ほぼ同時に伝えられた。そのため、青銅器時代、鉄器時代の区分が出来ない」

「金石併用時代《きんせきへいようじだい》という言葉があります――金属器と石器が並行して使われていた時期の事です。古代の日本では、鉄器と青銅器、石器を併用して使われていた時代が長く続いていました。古事記の神話が形作られたと考えられるのは、この時期なんです」

陸が再び周囲を見回します。

「三種の神器の素材は何かは分かりません。そうは言っても神器は『象徴』です。一般的に言えば、勾玉は石。鏡は青銅。剣は鉄で造られています。勾玉・鏡・剣とは、つまり石器文化・青銅器文化・鉄器文化を意味している」

「ああ、なるほど、言われてみれば」

安堂さんが、擦れた声を出しました。

陸が胸のポケットから、メモ帳とペンを引っ張り出しました。

「糸魚川の衿角家の蔵に、大きな勾玉を磨いたと思える砥石があるんです。衿角家のご先祖が近くの長者ヶ原遺跡から持ってきたものらしい。古代の糸魚川で大型の翡翠の勾玉が作られていたとすると、その勾玉は三種の神器の一つになっていた可能性がある」

メモ帳の白紙の頁が、テーブルの上で開かれます。

「三種の神器とは、三つの文化全てを掌中《しょうちゅう》に収めている事を意味している。それに神器の一つ八坂瓊曲玉が翡翠の可能性――これが、福一郎先生の論説の骨子です」

「面白い視点だ」

安堂さんが言いました。その目が、輝いています。面白いというのも、ただのお世辞ではないと思えます。

「僕は、当初、篠宮教授の論文も、同様の論旨ではないかと考えました。教授がヒントにしていた『ヘビ、ハチ、ムカデ』という三種の生き物も、三種の神器と同じく、石器、青銅器、鉄器の象徴ではないか。私は、そう考えたのです」

白い頁にボールペンで、小さな円が描かれ、その中に数字の『1』が書かれました。さらにその下に『ヘビ』の文字書かれます。

「ヤマタノオロチは、斐伊川流域で製鉄を営んでいた人々を指していたという説があります。つまり、ヘビというのは、刀、鉄器、鉄器を作る人々、それに川の流れの象徴」

説明している声が、少しずつ大きくなっていきます。

「それならば、この話の中に出てくる『ヘビ』も、同様に鉄の加工を生業としていた人々の比《ひ》喩《ゆ》と考えられないでしょうか」

ボールペンが動きます。『ヘビ』の字の下から矢印が引かれ、その先に『鉄器、剣、河川』という文字が記されました。

「僕達が、この間、訪れた聖神社にはムカデの像が奉納されています。この時代、ムカデは青銅器や鏡、それに銅鉱石を採掘し精製する人々の象徴だったといえます」

小さな円の中に数字の『2』さらに、その下に『ムカデ』と書かれます。下に向けた矢印、さらにその先に『青銅器、鏡』の文字。

「ここまでは、すぐに分かりました。それならばハチというのは、三種の神器の残り一つ、勾玉の象徴なのでしょうか」

「そんな話、聞いたことがないよ」

武智さんが邪魔をするように言いましたが、陸は、まるで表情を変えません。

「ええ、勾玉の象徴をハチとしている文献がないか、出来る限り探したのですが、残念ながら、その考えを裏付ける資料は見つけることが出来ませんでした。どうも、ヘビ、ハチ、ムカデが三種の神器をそれぞれ象徴しているという仮説には無理があったようです」

「当然だね」

「では、ハチとは一体何の象徴なのでしょう」

「何も象徴していない。私はそう思うけど」

武智さんが、意地悪な見解を述べました。

陸が何も言わずに、メモ帳に小さな円を描き、そこに『3』と『ハチ』、さらに矢印をかきました。しかし、矢印の先は空白のままです。

「漆」

無意識に、私の口から、言葉が転がり出てきました。

「もしかして漆じゃないの」

子どもの頃、篠宮教授に糸魚川でお会いした時、アシナガバチの巣には漆が使われていると教えられた事を思い出したのです。

「篠宮教授、ハチの巣に漆が使われるって言っていたよ」

幼馴染が、私の方を向いて笑顔を見せました。

「そう。僕もそう思った」

陸が眼鏡を外して折りたたむと、シャツの胸のポケットに入れます。

「安堂さん、漆についてのご教示、お願い出来ますか」

「漆――ですか」

「ええ。古墳時代以前、日本で漆がどういう使われ方をしたのか教えて下さい」

依頼を受けた安堂さんが、再び話し始めます。

「縄文時代、漆は木製品や装身具の塗装、土器や鏃《やじり》の接着・装飾など、多方面で活用されていました、弥生時代からは武器への塗装が見られ、古墳時代になると、皮革製品や鉄製品への利用。さらに漆で塗装した棺――漆棺《しっかん》も現れるようになりました」

「世界最古の漆の加工は日本で行われていたと聞きましたが」

陸の質問に安堂さんが頷きます。

「平成一二年、西暦ならば丁度二〇〇〇年に、北海道函館市《ほっかいどうはこだてし》の垣ノ島《かきのしま》遺跡で、櫛《くし》や腕輪、数珠《じゅず》状《じょう》にした玉など多くの漆塗り木製品が出土しました。放射性炭素による年代測定が行われ、それらは九〇〇〇年前、縄文早期に作られたものとの推定がなされています」

専門分野について語る安堂さんの身体が、前のめりになっています。

「それまで最古とされていたのは、中国浙江省《ちゅうごくせっこうしょう》の河姆渡《かぼと》遺跡から出土した約七〇〇〇年前の漆塗りの筒。垣ノ島遺跡の出土品は、これより古く、現在発見されている中で最古の漆塗り製品であるとされます」

なで肩の男性の目が、部屋の周囲を見渡します。

「青森県三内丸山《あおもりけんさんないまるやま》遺跡から出土した漆の種子のＤＮＡから、中国とは違う日本型の漆の木であることが明らかになりました。ここから日本の漆の技術は中国とは別に、より早い時期に発達した可能性が指摘されています」

陸が、私に目を向けました。

「翡那。君はピアノの色といったら、何を思い浮かべる？」

「ピアノって、普通、黒じゃないの？」

この人、突然何を言い出すのでしょう。

「そう、現在の常識ではピアノは黒。でもね、十八世紀以前そうではなかった」

喋りながら、陸が再びソファに座りました。

「一八世紀のヨーロッパの上流階級の間で、日本の漆器が、ちょっとしたブームを巻き起こしました。ピアノが黒色に定着したのも、日本から輸出されたピアノが漆塗りだったためだとされています」

「私、聞いたことがあります」

奈流美さんは、高揚した口調です。

「マリー・アントワネットの母親が、漆製品のコレクターだったと」

「オーストリアの女帝マリア・テレジアですね。彼女は『ダイヤモンドよりも漆器』との言葉を残しています。宮殿の一室を『漆の間』とし、黒い漆のパネルで飾った上で、そこに日本の蒔絵《まきえ》など多数の漆器を集めていました」

陸が、両手を軽く広げました。

「英語で、大文字から始まる『Japan』とは、言うまでもなく日本の事です。これに対して、小文字から始まる『japan』とは漆器の事。『japaninng』とは、漆器風に家具を黒く塗装すること。西欧から見て、漆は、まさに日本を代表する文化なんです」

「わかった。わかった」

武智さんが、幾度も腕を交差させました。

「で、児嶋君。結局、君は何が言いたい。それが父の論文と関係するのか」

「この漆を扱う職人の間に『ハチが漆を使う』いう話が伝わっているんです」

「何だよ、それは」

「ハチは、人が漆を活用する遥《はる》か以前から、その樹液を使っていた。人はハチから漆の使い方を学んだ――真偽は分かりかねますが、そういう話が漆職人の方々に伝えられているんです」

陸が眼鏡を指で押し上げます。

「ハチは木材を嚙み砕き、その繊維質に樹液や自らの唾液を混ぜたペーストを、巣の材料とします。中でもアシナガバチは、その巣の付け根、巣を吊り下げる最も重みが加わる箇所に漆の樹液を使うというのです」

幼馴染が、自らの、くせのある髪の毛を掻き上げました。

「篠宮教授が僕達に語ったのは、おそらく漆職人の方から伝えられた情報でしょう」

手に持っていたメモ帳が閉じられ、ポケットに収められれます。

「ヘビが剣や鉄器の象徴、ムカデが青銅器や鏡の象徴、そしてハチは漆の象徴。篠宮教授は、この考え方に基づいて、古事記の内容を再検証したのではないか。これが僕の推論です」

「悪いけれど、学問的にはまるで評価出来ない」

武智さんが吐き出すように言いました。

「武智、失礼ですよ」

美佐子さんが、自分の息子を咎めました。

「いや、申し訳ないけれど、言わせて貰うよ」

武智さんが陸を睨み、声を張り上げます
「児嶋君。うちの父は学者なんだ。もし、論文を書いていたとしても、そんな穴だらけの論理を使っていたとは思えない」

「そうでしょうか」

「君の主張は根拠がない。素人の思い付きの範疇《はんちゅう》だ。口の悪い学者ならば妄想と罵倒する類の主張だよ」

幼馴染の口角が上がりました。

「では、確認のために、教授の蔵書を見せていただけませんか」

「君、図々しいな」

武智さんの声には、流石に怒気が籠ってきました。

「僕の推定が正しければ、篠宮教授は漆に関する本を何冊か持っている筈です」

「父の書斎に、そんな本は無いよ」

「自分の目で見ないと納得出来ません。教授の書斎に行って確認させて下さい」

「前にも言ったよね。研究者の蔵書からは、その研究の内容が推察出来る。そう簡単に人に見せられるものじゃない」

武智さんが不快そうに吐き捨てました。

「武智」

美佐子さんが、静かに言いました。

「この人たちを、あの人の書斎にご案内しなさい」

「しかし、母さん」

「そうすれば、児嶋さんだって納得するでしょう。見せてあげなさい」

美佐子さんが繰り返します。

「私も興味がありますね。論旨は強引かもしれませんが、視点は独特で面白い。武智君が言うほど酷い主張ではないと思いますよ」

安堂さんが、遠慮がちに言いました。

「しかし――」

「武智、見せてあげて」

奈流美さんが、まるで子どものような声を出しました。

武智さんは視線を部屋の中に巡らせますが、その場に味方はいません。

「――分かった」

武智さんが折れました。

「児嶋君。来なさい」

平静を装っていますが、内心では不満なのでしょう。

喉から絞り出すような声でした。

＊　＊　＊

「ここが、父の書斎だよ」

ぞんざいな言葉とともに、扉の鍵が開かれました。室内から生暖かい空気が流れ出てきます。

武智さんが振り返り、陸の胸を人差し指で突きました。

「言っておくが見るだけだ。部屋の本には一切手を触れないで欲しい。それに――」

「失礼します」

戒《いまし》めの言葉の途中で、陸が、教授の書斎の中に入ります。

武智さんの眉間の皺が、更に深くなりました。

今日の陸の発言や行動は、武智さんに対していちいち挑発的です。

普段は大人しくて礼儀正しい幼馴染が、何故ここまで、人の怒りを煽り立てる行動をとっているのか。何か意図でもあるのでしょうか？

私、奈流美さん、安堂さんも、二人に続いて部屋に入ります。

薄暗い部屋です。壁の一面が本で埋まっています。

部屋の東側と西側に、それぞれ大きな窓が一つずつ。東側の窓の下には、飾り気のない大きられています。

な机と事務用の椅子。机の上に、万年筆や、電気スタンド、時計、それにパソコンなどが並べ

「父の蔵書。研究にかかわる専門書はこの辺りだよ」

武智さんが、本棚の一角を指し示しました。

「探してみて見て欲しい。しかし、漆に関する本は見当たらないよ」

「確認させて貰います」

陸がそう言いながら、本棚のそばに立ちました。

私もまた、書棚の前で、並んでいる本の背表紙に目を凝らします。

本当に、漆や漆器に関する本があるのでしょうか。

本棚の中で、神道。仏教、道教、儒教などの宗教関連の学術書が、誇らしげに背表紙を並べています。他に目立つのは、百科事典、自然科学系の専門書。動物、宗教書、民俗学の学術書。

それに鉱山や金属に関する書籍も目に付きます。

武智さんの背後で、陸が奈流美さんに目配せをしました。

奈流美さんがスマホを取り出します。

「姉さん。何をやっているんだ」

自分の姉が、スマホで本棚の一角を撮影している事に気が付いた武智さんが、大きな声を出しました。

「何度も同じ事を言わせないでほしい。研究者の蔵書を安易に探るものじゃない」

「何枚か撮影するだけよ。父親の部屋を娘が撮影するのがおかしいの？」

自己弁護する姉に、弟が不満げな表情を浮かべます。

「その画像。他の人には見せるなよ」

脅すような口調で言った後、不機嫌な武智さんがこちらを振り向きました。

上目遣いに睨んできます。ちょっと怖い。

「児嶋君。もう、充分だろう」

「ええ、充分です」

「私が言った通り、父の本棚には、漆に関係する書籍は無かった」

「はい。有りませんでしたね」

陸が何故か満足そうに言います。

「つまり、君の推測には根拠がないんだ」

「いいえ。僕の仮説に、裏付けがとれました」

武智さんが、陸を睨みます。

「何を言っているんだ。父の蔵書に漆に関する本は無かっただろう」

「ヘビは鉄器や剣の象徴。ムカデは青銅器や鏡の象徴――」

陸が、ノンビリした語り口で述べ立てます。

武智さんが、さらに顔を顰めました。

「聞いたよ。そして、ハチは漆や漆器の象徴——それが君の推測だろ」

「すいません。僕はそうは考えていません」

陸が澄ました顔で答えます。

「さっき言っていたことと違うじゃないか」

よほど癇《かん》に障ったのでしょうか。武智さんの額に、太い血管が浮き出てきました。

「武智君、落ち着いて」

安堂さんが、今度は、陸と武智さんの間に割って入ります。

「すいません。連れがバカなことを言って。ほら、陸。謝って」

あまりの無礼さに、私も黙っている事が出来なくなりました。

「篠宮さん。こう見えて僕は、結構、ワルなんですよ」

私達の仲介など意に介さず、陸がまるで似合わない台詞《せりふ》を吐きました。

「さっきは嘘をつきました。僕は、ハチが漆を象徴しているとは思っていません」

「いい加減にしろよ」

安堂さんの肩越しに、武智さんが叫びました。摑みかかるつもりなのか、その手が陸の方に伸ばされます。

「ミヅカネ」

陸が小さく呟きました。

「ミヅカネですよ。僕がハチの象徴と考えているのは」

幼馴染の言葉と共に、武智さんの動きが止まりました。その顔から、火が消えたように怒りの表情が抜け、伸ばされていた両手が下がります。

ミヅカネとは何なのか？　私には分かりません。しかし、この言葉が武智さんの胸の中の、何かの核心部分を突いた事は明らかでした。

陸が、先ほど奈流美さんが撮影していた本棚の一角に歩み寄ります。

「ここにある書籍の多くは、ミヅカネに関するものですよね」

「ちょっと待ってね。児嶋さん。つまり——」

安堂さんが、両手で目の前の何かを押さえるような動作をします。

「つまり、君は篠宮教授の言う『ハチ』は、漆だとは思っていないんですね」

「はい。そうです」

「それなのに『漆』だと嘘をついた」

「ええ」

「何故、そんな嘘をついたんですか」

責めるような口調です。

「この書斎に入れて貰うためです。最初から『ミヅカネ』と言っていたら、この人は、僕をここに入れてくれなかったでしょう。漆だと言ったから、入れてくれたんです」

「それって後付けの屁理屈《へりくつ》じゃないの？　この部屋に入って、漆に関する本がないから、そう言っているんじゃ」

「いいえ」

私の疑念を奈流美さんが否定しました。その声が、いつになく沈んでいます。

「児嶋さんは、当初からミヅカネだと予測していました。事前に、私と母にそう伝えていましたから」

「皆さん」

気品のある女性の声がしました。

美佐子さんが、書斎のドアの外に立っています。

その手にはアルミ製の杖。それに小さなトートバッグが握られています。

「あの人の論文について、本当のところを児嶋さんに聞かせてもらいましょう」

＊　＊　＊

書斎の中、美佐子さんだけは椅子に座り、私、奈流美さん、安堂さん、武智さん、陸以外の五人が居心地が悪そうに立っています。

そう狭い部屋ではありませんし、冷房が効き始めているのですが、それでも何だが息苦しさを感じます。

「これ何だかわかりますか」

窓際に立った陸が訊いてきました。

「鏡――じゃないの」

顔を見合わせたまま誰も何も言わないので、私が答えました。

陸が持っているもの、ジャケットの内ポケットから出したそれは、明らかに手鏡です。

「そう。金属鏡。糸魚川で、奈流美さんのお話を聞いた後に通販で買ったんです」

陸がその鏡を、鏡面を上に向けて水平に持ち替えます。

「天井を――この鏡の反射光をみて下さい」

「え、あれ――何？」

光の中に花。反射した光の中に、花模様が浮き出ているのです。

「まあ、綺麗ね」

美佐子さんが、片手を頰に当てて場違いな発言をしました。

「それ、魔鏡《まきょう》ってやつですか」

「ええ。そうです」

安堂さんの問いに、陸が頷きます。

「武智さん。魔鏡の仕組みはご存知ですか」

「君には話したくない」

「では、僕が説明します」

陸が小さく溜息をつきました。

「金属鏡は曇りやすい。だから定期的に磨くんです。長年磨いている間に、裏面の模様が、鏡の表面に微妙な凹凸《おうとつ》を与える。凹凸によって反射光の中に模様が浮かび上がる。魔鏡の仕組みをごく簡単に言えばそうなります」

陸が鏡の裏面をこちらに向けます。

確かに反射光のものと似た花模様が、そこに刻まれています。

「へえ。魔鏡って初めて見ましたよ。児嶋さん、それ貸してもらっていいですか」

「どうぞ」

そう言いながら陸は、安堂さんに持っていた手鏡を手渡しました。

「でもね。安堂さん。貴方は今まで、幾度となく魔鏡を見ているかもしれません」

安堂さんが訝し気に幼馴染を見返します。

「正確に言うと、魔鏡の欠片ですがね」

「どういう事かな」

「貴方が、篠宮教授に貸し出した鏡の破片――魔鏡の一部なのではないでしょうか」

陸が武智さんの方を見ました。

「違いますか。武智さん」

呼びかけますが、でも、武智さんは答えません。その視線には、明らかに憎悪が混じっています。陸が、安堂さんに再び目を向けました。

「安堂さん。三角縁神獣鏡《さんかくぶちしんじゅうきょう》はご存知ですよね」

「勿論」

「それが魔鏡だったとされる事については」

「ああ、聞いてはいます。国立博物館の発表でしたね」

「あの——すいません。話が見えないのですが」

奈流美さんが、二人の会話に、遠慮がちに割って入りました。

「神獣鏡とか、魔鏡とか、もう少し整理して説明してもらえませんか」

「三角縁神獣鏡は銅鏡の一種です」

安堂さんが、少し困った顔をしながらも説明を開始します。

「鏡の裏面に三角の縁取りが付いているためにこの名があります。古墳時代の前期から作られていたとみられ、現在、三三〇面ほどが見つかっています。国内の銅鏡の中では最も数が多いそうです」

「それが、魔鏡だったというのは？」

「平成二六年、国立博物館の研究者が、３Ｄプリンターで三角縁神獣鏡の精巧なレプリカを作成したのです。すると作成された鏡の反射光に文様《もんよう》が浮かび上がった。つまり『魔鏡』現象が起こることが確認されました」

安堂さんに続いて陸が口を開きます。

「元々、三角縁神獣鏡は、中国などで見つかる青銅鏡に較べ、鏡面が極端に薄い事が知られていました。しかし何故薄いのか分からなかった。レプリカを作ることで、その理由が確かめられたのです。古代の日本では、鏡は祭祀《さいし》に使われていたとされています。今でも神道では御神体として扱われる」

陸が、美佐子さんに目を向けます。

「魔鏡が人心掌握《じんしんしょうあく》の手段に使われた可能性が研究者によって指摘されています。その当時の支配層が、鏡を使った演出を行って政権維持の手段にしたとも考えられるのです」

語りながら私達の傍に歩み寄ってきました。

「では、篠宮教授の学説について順を追ってご説明します」

＊　＊　＊

ヘビ、ハチ、ムカデそれに出雲大社。

お話を伺ったとき、僕は、古事記に伝わるオオクニヌシが思い浮かべました。

古事記には、オオクニヌシが根の国のスサノオの元を訪れ、その娘のスセリヒメと恋に落ち、そしてスサノオに試練を与えられるという神話が綴《つづ》られています。

その中でオオクニヌシは、初日の夜は「ヘビの部屋」に、二日目の夜は「ムカデ、ハチの部屋」に入れられるというものがある。オオクニヌシは、スセリヒメから与えられた領巾を用いる事で、これらの生物から身を守り、試練を乗り切ります。

領巾というのは女性装身具の一つ。首に掛けていた長い絹布《けんぷ》のこと。

篠宮教授は、この神話に独自の解釈をしていたようです。

オオクニヌシは幾つもの名を持つ神様ですが、産まれた時の名は「大穴牟遅神《おおあなむぢのかみ》」だったとされます。この名は「偉大な鉱穴の住人」という意味であるとの指摘があるのです。

つまり、鉱物と関連する神様なんですよ。

先ほども言いましたが、当初、僕は教授がヒントにしていた「ヘビ、ハチ、ムカデ」という生き物も、三種の神器と同じく、石器、青銅器、鉄器の象徴ではないか。そう考えたのです。

ヘビは鉄器や剣、河川、ムカデは青銅器や鏡を、そしてそれぞれを作る人々を意味する。

オオクニヌシは、ヘビ、ハチ、ムカデを領巾を使うことで大人しくさせました。

中世までの中国では、交易の際、絹織物が事実上の通貨として使われていたとされます。

そしてね。出雲は、海上交易の要《かなめ》として栄えていたのです。

分かるでしょうか。

彼のとった手段は領巾――つまり絹織物を「鉄器を作る人々」や「青銅器を作る人々」に与え、鉄器や青銅器と交換すること。

つまりオオクニヌシのモデルになった人物は、出雲から絹を輸出することで、鉄器や青銅器を作っていた人々と交易を行ったとは考えられないでしょうか。

歴史の授業で習った租《そ》・庸《よう》・調《ちょう》という言葉を覚えていますか。

飛鳥時代の末から運用された税制の事です。租とは米の納入。庸は朝廷への労役。そして調は繊維製品や地方の特産物などを納める事。

「延喜式《えんぎしき》」という平安時代の法令集に、各地方の調についての記録が残されています。

出雲国、それに近隣国である石見国《いわみのくに》と周防国《すおうのくに》、長門国《ながとのくに》の調の品目には、白絹《しらきぬ》・絹《きぬ》・緋帛《ひはく》・縹帛《ひょうはく》・橡帛《しょうはく》・帛《はく》・緋糸《ひいと》・縹糸《はなだいと》・緑糸《みどりいと》・橡糸《つるばみいと》など。帛とは絹織物の事。緋帛とは茜《あかね》で染めた絹、縹帛は藍で薄青に染めた絹、橡帛はクヌギなどのドングリで薄茶色に染色された絹ということになります。

出雲、およびその周辺の地域は、絹やそれを染めた織物の名産地だったのです。

一説によると、領巾は元々鑪場で製鉄に勤《いそ》しむ人々が、溶けた鉄から身を守るために着用したものだといわれます。

当時、日本国内の着衣に使用されていた絹意外の布地は、大麻《おおぬさ》、苧麻《からむし》、科《しな》、楮《こうぞ》、芭蕉《ばしょう》、楡《にれ》、藤《ふじ》、葛《くず》など、すべて植物の内皮を利用したもの。乾燥させた植物の繊維ですので耐火性は低く、万一、衣類の一か所にでも引火すると、それが瞬く間に広がります。

一方、絹は燃えにくい素材です。

火に触れても焦げるだけで、燃え上がることはないとされます。

赤熱した鉄が叩かれ、火の粉が舞い散る製鉄の現場において、領巾は身の安全を守る為に必要だった。通貨や装飾品というだけではなく、当時の製鉄に携《たずさ》わる者にとっては実用品だったのです。

スサノオは、ヤマタノオロチに酒を飲ませ、斬り殺し、そして草薙剣を手に入れました。

つまり当時、製鉄を営んでいた人々を武力で押さえ、その鉄器を奪ったんです。

それに対して、オオクニヌシはヘビやムカデ——鉄を作る人々、銅を作る人々と交易をおこなう事で共存していった。

ヘビは鉄器や剣、河川を、ムカデは青銅器や鏡をそれぞれ意味する。ええ、この解釈まではすぐに思いつきました。

では残る一つ、ハチとは何なのか？　一体何を象徴しているのか？

僕は初め、残る三種の神器のうちの残りの勾玉——つまり石器の象徴が、ハチになるのかと考えたんです。しかし、調べられるだけの資料を当たったんですが、勾玉の象徴がハチになるという文献は見当たらなかった。

残念ながら『ハチが勾玉や石器の象徴』という推論は、誤りだったようです。

次に思いついたのは漆。篠宮教授が糸魚川を訪れた際、ハチの巣を作るのにハチが漆を利用すると教えられた事があったので、そう考えたんです。

しかし、これも少々おかしい。

ヘビとムカデが、鉄と銅——鉱物であることに対して、漆は植物の樹液です。また神話では、オオクニヌシは初日はヘビの室に、翌日はムカデとハチの室に泊められたとされています。ヘビが独立した存在であるのに対して、ムカデとハチとは、まとめて語られている。

ハチはムカデ、つまり銅と何らかの関係があるものと思えるのです。

では古代、ハチによって象徴されていたものは何なのか。

おそらくは当時の人々に知られていた鉱物で、青銅器に関わるもの。

僕が思い至ったものは、当時の言葉でいう汞《みづかね》。

現在の水銀です。

＊　＊　＊

「水銀って、温度計の中の？」

私の問いに陸が頷きました。

「昔、化粧品に使われていたとか、陸が言っていた？」

陸が再び頷き、本棚に歩み寄りました。

先ほど奈流美さんが、スマホで撮影していた一角です。

「見て下さい。『古代の朱』『丹生《にう》の研究』『大和誕生と水銀』『邪馬台国《やまたいこく》は朱の王国だった』『真言密教と古代金属文化』――漆に関する本はありませんでしたが、水銀、それに密教に関する本もあります。教授は明らかに水銀に興味を持っている」

「密教？　密教が何か水銀に関係あるの」

「大有りですよ」

安堂さんが窘めるように言いました。

「衿角さんは、弘法大師《こうぼうだいし》をご存知ですか？」

「ああ、真言宗の空海《くうかい》ですよね」

弘法大師の空海と、伝教大師の最澄《さいちょう》。平安時代の初期、唐《とう》の国に留学して仏教を学び、日本に伝えた仏教の二大巨頭。歴史の授業で丸暗記した覚えがあります。

「密教の大師様――空海は、鉱山の技術者、いわゆる山師と関係が深いんです。彼が開基した高野山金剛峯寺《こうやさんこんごうぶじ》の下には金、銀、銅、水銀の鉱床があり、四国の遍路《へんろ》、あるいは真言宗の霊場《れいじょう》の多くは、銅鉱山や水銀の鉱床があることが多いとされています」

「へえ、そうなんだ」

「コガネは金、シロガネが銀、アカガネは銅、クロガネは鉄、そしてミヅカネは水銀。水に食塩や砂糖が溶けるように、水銀には、金をはじめ様々な金属が溶け込むんです。溶けてアマルガムという合金を作る」

幼馴染の口調が、どこか皮肉めいたものになりました。

「水銀は、当時の鉱山開発や金属の加工には欠かせないキラーコンテンツです。空海を始めとする密教修行者はそれを知ったうえで、水銀を独占的に利用しようとしたんですね」

奥歯にものの挟まった——陸の態度からは、そんな言葉が思い浮かびます。

「東大寺《とうだいじ》の盧舎那仏《るしゃなぶつ》——奈良の大仏に鍍金《ときん》するため、水銀のアマルガムが使われていたと言います。金を溶かしたアマルガムを塗ったうえで、加熱して水銀を蒸発させるんです。蒸発した水銀を吸い込む事で、水銀中毒となった者も多かったとされています」

「うわ、酷いね」

「漆の顔料に辰砂が使われる事もありました。漆と水銀のアマルガムは『塗布《とふ》する』という点で、利用方法が共通するんです」

本棚を見ていた陸が、私達を振り向きました。

「話を続けさせてもらいます」

＊　＊　＊

水銀は、常温・常圧で凝固しない唯一の金属元素です。

酸素の発見。トリチェリーの実験。超伝導の発見。それにポーラログラフティなど、科学史の中でも水銀を利用した画期的な実験や発見は数多い。

武智さんなら、当然、ご存知ですよね。

水銀の多くは朱色の辰砂――硫化第二水銀として主に火山地帯や温泉地域の熱水鉱床に産出します。一般に水銀を得るためには、この辰砂を空気中で加熱し、発生する水銀蒸気と亜硫酸《ありゅうさん》ガスを分留して水銀蒸気を冷却・凝縮する手法がとられています。

液体である事、反応による鮮やかな色の変化、また様々な金属を溶かす事――これらの性質は人を魅惑《みわく》し、古代中国においては不老不死の薬「仙丹《せんたん》」の原料として、あるいは西洋では錬金術の材料として利用されてきました。

我が国では縄文時代より、現在の三重県《みえけん》、伊勢国丹生鉱山《いせのくにによこうざん》を中心に辰砂の採掘が行われていました。当時の水銀の主な用途は、その朱色を活用した顔料。辰砂を砕いた水銀朱は、赤色顔料としては弁柄《べんがら》に次いで歴史が古いとされます。

奈良県の丹生鉱山周辺の丹生池ノ谷《いけのたに》遺跡、天白《てんぱく》遺跡や森添《もりぞえ》遺跡などからは辰砂の原石、朱彩土器、朱が付着した磨石・石皿などが発見されています。辰砂と漆を混ぜた塗料――朱漆は漆器や神社の鳥居、朱門などに古くから使われたのです。

島根県の出雲地方、荒神谷遺跡で見つかった銅矛や銅剣の事、翡那には以前話したよね？ 見つかった銅剣、銅矛は三五八本、そのうち八本の銅剣には全面に水銀朱が塗られていたそうです。

元正天皇は各地に人を派遣して、日本国内での鉱山開発を模索していたようです。聖神社傍で、銅鉱石が見つかったのも、その政策の結果です。

和銅六年（713年）には、伊勢国の調を水銀とする旨が記され、同時代の法令集「延喜式」にも伊勢国から内蔵寮《くらりょう》へ四〇〇斤《きん》、典薬寮《てんやく》へ一八斤の水銀貢納の規定が記されています。

平安時代末期にまとめられた『今《こん》昔《じゃく》物《もの》語《がたり》集《しゅう》』の巻二十九、第三十六に「於鈴香山蜂螫殺盗人語《すずかやまにしてはちぬすびとをさしころししはなし》」という話が載せられています。

この物語の鈴香山《すずかやま》とは、現在の鈴鹿山《すずかやま》の事。

水銀の産地として有名だった伊勢国の水銀商人八〇余人が盗賊団に襲われた際、日頃から恩を施していたハチが、危機を察して飛んできて盗賊を刺し難を逃れたという話です。

これは、当時、ハチが水銀の象徴という常識が人々の間で成り立っていたことから生まれた説話なのではないでしょうか。

東大寺にも、空海とハチにまつわる説話が伝えられています。

弘仁《こうじん》元年（810年）東大寺で異例の人事がなされました。天皇の勅命により弘法大師・空海が東大寺第一四代別当《べっとう》の地位に就いたのです。

この時、空海は三七歳。五年前に唐から帰国し、その才能に耳目を集めてはいたものの、未だ在野の一僧侶に過ぎません。その在野の僧侶が当時の日本仏教界において、最高の権威と言える東大寺の代表者に抜擢《ばってき》されたのです。

これに関して一つの説話が伝えられています。

『東大寺には大きなハチが出て、僧を刺し殺すなどの悪さを働いた。それを恐れた僧たちは寺を離れ、参拝者の足も遠のいて大いに困っていた。空海が別当になると、ハチは退散し寺を捨てた僧たちも戻り、寺は元の隆盛《りゅうせい》を取り戻した』と、こういうお話です。

ヘビやムカデと同様に、水銀、そしてそれらを扱う技術者を、ハチに譬えたとすると、空海が異例の抜擢をされたことについても、新たな視点からの解釈が生まれます。

先ほど上げたように、大仏に鍍金する為、水銀のアマルガムが使われていました。金を溶かした水銀を塗ったうえで、加熱して水銀を蒸発させる。蒸発した水銀を吸い込む事で、水銀中毒となった者も多かった。

この説話については、水銀を扱う職人と東大寺の首脳部との間で軋轢が起こり、その解決の為、水銀の職人達に顔の利く空海を別当に据えたとの解釈が成り立つのではないでしょうか。水銀蒸気の中毒になることを「ハチに刺された」と表現したとも考えられます。空海が水銀の蒸気を吸い込むことを防ぐ、何らかの対策をとったのかもしれません。

分かるでしょうか。篠宮教授の考えていた事。

ヘビは鉄器。ムカデは青銅器。そしてハチは水銀。古事記が編纂《へんさん》された当時の人々の頭の中には、そういう連想が働いていたんですよ。

＊　＊　＊

陸がポケットから、メモ帳とボールペンを取り出しました。

机の上に置きハチの下に向けられた矢印の下に『水銀、アマルガム』と書き入れます。

これで、メモ帳には

①　ヘビ　──→　鉄器、剣、河川
②　ムカデ　──→　青銅器、鏡
③　ハチ　──→　水銀、アマルガム

との内容が書かれました。

「これが、篠宮教授の考えていた事、論文テーマの一つ、ヘビ、ハチ、ムカデとはこの事を指すと思われます」

「でも、児嶋さん──」

奈流美さんが声を上げました。口調は落ち着いていますが、頬が上気しています。知的興奮をしている人というのはこういう感じなのでしょうか。

「出雲大社の秘密とは？　それに何か関係するのですか」

「出雲大社の最大の秘密とされるのは、本殿の御神座が正面を向いていない事」

陸がメモ帳を閉じました。

「その理由には、西側の海から本殿を拝むためという説明もあるんです。もし、発掘された柱の位置に四八ｍの高層建築があったとして、西側の海から見えるのか。今回の旅行で、僕は、自分の目でそれを確かめてきました」

「どうだったの？」

「この神社は鶴山《つるやま》と亀山《かめやま》という二つの山に挟まれています。僕は、出雲大社の西側、海との間にある鶴山に登ってみたんです。ええ、高層建築があったとしても、鶴山に邪魔されて遠くは見渡せない。西の海から本殿を望むのは難しい。僕にはそう見えました」

こちらを向いて答える口元に、小さな笑みが含まれています。

緊迫している状況だと思うのですが、こういう話をする時の陸はいつも楽しそうです。

「僕は、常々不思議に思っていたことがあるんです」

その語り口が変わりました。

「近代以前の日本では、西洋からガラス鏡が伝えられるまで、一般に金属鏡が使われていました。先ほども言った通り、この鏡は手入れを怠ればすぐに曇ってしまう」

話しながら、机に置いていた手鏡――魔鏡を持ち上げます。

「鏡の手入れとしては、錫《すず》と金属を粉状にして水銀に交ぜる。錫でアマルガムを作って梅酢《うめず》などを加えて砥ぐという手法がとられました。このやり方に習熟すると現在のガラス鏡以上に光沢のある鏡面が出来るそうです」

陸が手を触れずに、鏡面を撫でるような仕草をします。

「この手法が普及したのは、元禄《げんろく》時代、十七世紀の末から十八世紀の初め頃。江戸時代に入ってしばらく経ってからの事なんです。僕が不思議に思うのは、この時期です」

ここで一旦、幼馴染の言葉が区切られました。

「時期、ですか？」

「ええ。遅すぎませんか、これ？」

「遅すぎる、と言うと」

奈流美さんが聞き返します。

「奈良の大仏の造営が開始されたのが天平《てんぴょう》一七年。西暦でいうなら七四五年。元禄時代からほぼ千年前です。大仏の造営以前に、アマルガムによる鍍金法は確立していた。錫アマルガムによる金属鏡の手入れが普及するのが、ここまで遅れたのは何故でしょうか？」

「そういう事ってあるんじゃないの。後世の人から見れば、当たり前に思えるような事でも、同じ時代の人から見れば出来ない。コロンブスの卵」

私の言葉に、陸が首を振りました。

「それはちょっと考えにくい。青銅は、銅と錫の合金。錫の存在も古くから知られている。水銀は、採掘された鉱石を種類を見分ける事にも使われていたから、錫のアマルガムも知られていない筈はない」

陸が、安堂さんから返された鏡を再び窓際に突き出します。

天井に花模様の入った反射光が映し出されました。

「希少な金のアマルガムが作られ、大仏に鍍金されるほどの技術まであったのに、それよりも遙かに身近な銅や錫のアマルガムの利用が、千年も遅れるのは非合理だよね」

光の模様を見上げながら、陸が独り言のように呟きました。

「僕はね、この方式が長い間、神職の人々によって秘密にされてきたんだと思うんですよ。鏡を使って祭祀を行っていた人々が、金属鏡を磨く一番良い方法を隠蔽《いんぺい》したんです」

幼馴染が魔鏡を机に伏せ、再び語り出しました。

＊　＊　＊

現在、私達の身の回りは金属で出来た道具ばかり。光を反射する物も有り触れています。

電球、蛍光灯、ＬＥＤ、液晶ディスプレイ、発光するものだって全く珍しくない。

でもね、長い人類史の中で、こういう状況は極めて異例です。

近代以前、私達の周囲で光源となるものは太陽と、あとは炎——松明《たいまつ》とか、蠟燭《ろうそく》、ランプ位しか無かった。まして古事記が編纂された千数百年前は、金属すら珍しかった時代。

この時代の大半の人々にとって、光り輝くものを目にする機会は一生の中でそう何度も無かったでしょう。

ヤマトタケルが、海路で上総国《かずさのくに》から陸奥《むつ》に向かった際、大きな鏡を船に掛けていたところ、敵が降伏してきたというエピソードが日本書紀に載せられています。また、初代の天皇とされる神武《じんむ》天皇が東征した際、金色に光り輝くトビ——金鵄《きんし》が天皇の持っていた弓の上にとまり、敵の戦意を削いだという神話もあります。

人々が「光り輝く物」に、畏敬の念を持っていたことが分かります。

この時代、青銅器や宝石などの光り輝くものがあれば、その持ち主は間違いなく『特別な人間』として扱われたでしょう。

奈良県の曽我《そが》遺跡には、翡翠や琥珀などの宝石や貴金属が加工された痕跡が見られるそうです。私達の故郷、糸魚川の長者原遺跡と同じですよ。ここは、権力者の装飾品を作る工場だったんです。

当時、大和朝廷は光り輝くものを作り出す技術を独占し、それを各地の豪族に分配することで、その権威を保っていたんです。

日本神話の天岩戸《あまのいわと》のお話、ご存知でしょうか。

スサノオの粗暴な振舞いに腹を立てたアマテラスが、天岩戸に籠ってしまう話です。

アマテラスは太陽の化身ですから、この女神が居なくなれば世界は闇に包まれてしまいます。

神々は話し合い、知恵を絞ってアマテラスを天岩戸から出す方法を考えました。

まずアメノウズメという女神が、コミカルな踊りを披露し、多くの神々の笑いを誘う。

訝ったアマテラスが、わずかに岩戸を開けて問いただすとウズメは、「貴女様よりも貴い神が現れたので、皆、喜んでいる」と答える。

驚いて外の様子を窺《うかが》うアマテラスに八咫鏡が向けられる。

そこに写る自分の姿を、『貴い神』と勘違いしたアマテラスが、更に岩戸を開くと、剛力のアメノタヂカラオという神が岩戸をこじ開け、アマテラスを外に引き出す。

こうして、この世界に太陽が戻ってくる――そういう粗筋《あらすじ》のお話です。

その昔、鏡に映った像は、その者の魂《たましい》だと考えられていたそうです。

女神の姿を鏡に写したという事は、その魂を鏡に転写したという事。

アマテラスは太陽神です。その姿を鏡に写したという事は、即ち、日光を鏡に反射させたという事になる。

神社には、基本的に拝殿と本殿があります。通常、私達が参拝するのは拝殿の前。本殿は、滅多に立ち入る事は出来ない。

貴方が一三〇〇年前に産まれた、特に身分のないごく普通の庶民だったとしましょう。

特別な祭祀で、普段は立ち入ることの出来ない本殿に入る。

本殿の中には、高貴な佇まいの神主や巫女《みこ》がいる。輝いている金属鏡もある。

青銅というのは、錆びる前は白銀から金色に近い輝きを放つんです。その鏡が反射した光には、見た事もない美しい模様が入っている。

もう、それは魔法にしか思えなかったでしょう。

さらに、その鏡に「魂」である自分の姿が映る——さあ、貴方はどう思いますか。

貴方は、それまでの人生で光り輝くものも見たことは無い。自分の顔も、水面に映った程度のものしか見たことがない。

それが神社の中で明確な自分の姿を見る事になる。

おそらくは、自分が何かの神秘体験をしたように感じるのではないでしょうか。あるいは、天岩戸の神話を追体験したような、そんな錯覚に陥《おちい》ったかもしれない。

神社は神聖な場所、神官や巫女は特別な存在。そして、それらの神官を治めている政権は、神に近い人々だと考えるのではないですか。

国譲りの神話を思い出して下さい。

これは、出雲の政権が後の朝廷に連なる大和の政権に、その地位を譲り渡す過程が語られている神話です。

大和のアマテラスが、出雲のオオクニヌシに自分に臣従するように呼びかける。

オオクニヌシは、大和から派遣されてきた神の懐柔《かいじゅう》に二度にわたって成功しますが、三度目、建御雷之男神《タケミカヅチノヲノカミ》という神までは、懐柔することが出来ませんでした。

二人の息子もタケミカヅチに敗れ、結局、オオクニヌシは大きな社を造り、自らを祀ることを条件に大和政権の傘下に入ることを承諾します。

それが出雲大社。つまり、この神社は大和政権によって作られた建物なんです。

出雲大社の御神座は正面を向いていない。入り組んだ回廊のような造りの部屋の先で、建物の真横を向いている。檜皮葺《ひわだぶ》きの屋根は大きく厚く建物にかぶさっています。

理由は鏡と日光なんです。

当時の神社では鏡による演出が行われて、その神秘体験が、人々の信仰や政権に対する忠誠に繋がっていたと考えればいい。

伊勢の神宮と比較してみれば、違いは歴然としています。

神宮の本殿は、全体に細長く室内に陽光が入りやすい。入り口からの光を反射光として利用しやすいんです。また、御神座は参拝者に対して正対している、

神宮の本殿中央部にも実は柱があります。しかし、心御柱《しんのみはしら》と呼ばれるそれは、床下までしかありません。本殿の室内にまでは到達していないのです。

柱に邪魔されないため、本殿内では広い空間が確保され、鏡を使った演出に利用出来るようになってます。おそらく、伊勢神宮では祭祀の際、屋根の裏側をスクリーンにして反射光を映し出していたのです。

これに対して、出雲大社の本殿の内部は折れ曲がった回廊のようになっています。中央に心御柱が通り、広い空間が確保出来ていない。日光が入らない。

これでは鏡の反射光を利用出来ません。折れ曲がった回廊の先の御神座では、参拝者の姿を鏡に写すことも難しい。

出雲大社の本殿の造りでは、鏡を使った光の演出が出来ないんです。

この建物を作ったのは、大和の政権です。

ええ、そうです。

敢えてこういう造りにしたんですよ。鏡を使った、光の演出が出来ないように。

＊　＊　＊

「武智さん。どう思われます」

陸が武智さんに聞きます。

「僕の推論。お父様の論文の内容に合致してはいませんか」

「何故、私に訊くんだ」

武智さんが憮然《ぶぜん》とした表情で答えます。

「僕は、こういう手段をとるつもりは無かったんです。僕は貴方が論文を研究室の人達に提供しさえすれば、それでいいと思っていました。でも、貴方は僕達に嫌がらせを——」

「どういう意味だ」

幼馴染の台詞をかき消すように、武智さんが強い言葉を発します。

陸がスラックスのポケットから一枚の紙を抜き出しました。皺のよったその紙には『コジマリク、エリスミヒナ、出ていけ』と書かれています。

「これは、一昨日、僕のアパートの周辺にばらまかれていたビラです」

陸が、目の前の武智さんを睨みました。

「何故、今、それをここで言うんだ。ご近所トラブルというやつだろう。君達が、近隣の方々と諍《いさか》いを起こしているのが、私と何の関係があるんだ」

私達の視線の先で、武智さんの表情が嘲《あざけ》るようなものに変わりました。

「君らは、余計な事に首を突っ込みたがるクチじゃないか。ご近所に嫌われもするさ」

棘《とげ》のある言葉を聞きながらも、陸が自分のスマホを操作します。

「三日前、翡那は、怪しい男に付け回されたそうです」

画面にサングラスをかけた黄色いシャツの男の画像が出てきました。メールと共に私が送付した画像です。

「貴方は、この人に見覚えがありませんか？」

画像を一瞥した武智さんの顔が、露骨《ろこつ》に不快さを示しています。

「どうして、それを私に訊くんだ」

「昨日、一日かけて調べたんですが、貴方がお勤めの大学では、四年前、不正行為が発覚して、多くの教授や准教授、講師の方々が次々に処罰されています。一方で貴方は、異例の若さで講師に抜擢されていますね」

「それがどうしたんだ」

「大学内にも学長選挙とか、予算配分とかで、政治的な駆け引きがある——貴方は、そう仰っていました。不正行為が発覚したのは、この駆け引き——別な言い方をするなら、派閥争《はばつあらそ》いの延長線上だったのではないのでしょうか」

武智さんの表情から、明らかに怒りが窺えるようになりました。

「貴方は、悪質行為を請け負う方々にお知り合いがいるのではないのですか。そんな人達を駆使して、大学内の派閥争いに勝ち抜いた。勿論、優秀さもあるでしょうが、その若さで講師に抜擢されているのには、そういった背景があるのではないですか」

陸が、紙を机の上に載せます。

伏せられた手鏡、スマホ、中傷の書かれたビラが机の上に並びました。

「自分には、論文を盗んだ容疑が掛けられていないと貴方は考えていた。疑われる事は無い。こういう人達を使って、近隣とのトラブルと思えるような嫌がらせをすれば、僕たちがこの件に介入する余裕が無くなると思ったのでしょう」

「全く覚えがない話だね」

「武智さん。僕は、あのアパートに住んでいますが、翡那は住んではない。あのアパートで僕と一緒に生活している『エリスミ』は、翡那の姉です」

ほんの一瞬だけ、武智さんが眉間に皺を寄せました。

「翡那は今、就職活動で東京に来ているんです。東京では生活していない。ご近所とトラブルなど起こしようがないんです。東京に『エリスミヒナ』がいることを知っていて。その上で、こういった業者さんを雇うだけの経済力がある人は、貴方の他にはいません」

そう。言われてみれば、確かにそうです。

私の姉は半ば引きこもり。外出する事はまずありません。ご近所の人に、名前も顔も知られてはいない。だから、このビラをまいた人も私と姉を混同したのです。

「覚えがないね」

同じ言葉がくり返されます。

陸が振り向きました。

「安堂さん。篠宮教授に貸した青銅鏡の破片について、貴方はどう考えていますか?」

「どうと言うと？」

安堂さんが、首をかしげました。

「一度、画像を見せてもらいましたが、僕には、あの破片が三角縁神獣鏡に見えました」

「うん。あの鏡の破片は裏面に三角の縁取りがあった。あれは、三角縁神獣鏡の一部だね」

「鏡による光の演出を行うためには、鏡を磨き上げなくてはならない。かつて神社で祭祀を行う人々は鏡を磨くことに、様々な工夫を凝らしていた筈です。水銀と錫を使って磨く方法も、既に、古事記が書かれた時期には確立していたのではないでしょうか」

陸が立ち上がり、武智さんの前で両手を広げました。

「ちょっとした質問です。もし、安堂さんの鏡が、錫と水銀のアマルガムで磨かれていたとしましょう」

武智さんが目を逸らしますが、陸はその顔の方向に歩み寄ります。

「青銅の主成分は、銅と錫です。鏡面から錫と水銀が検出されたとして。その錫が、青銅から溶けだしたものか、それとも水銀に含まれていて、鍍金されたものかは分からない。これを確認するため、何をすればいいでしょう？」

武智さんが顔を顰めます。しかし、陸は構わず言葉を続けます。

「手法としては、鏡の本体に含まれる金属との成分比と、鏡面の水銀に含まれる金属の違いを比較するのがいいかもしれません。貴方ならどういうやり方をしますか？」

「児嶋君。何故、それを私に聞くんだ？」

「貴方のお父様、篠宮教授は、貴方に、この鏡の分析を依頼したのではないですか？」

武智さんの苦し気な問いに、陸が、妙に爽やかな笑顔になります。

「文系の学者が、内容を世間に伏せておきたい学説を頭の中に保持している。その証明には化学的な分析が必要で、なおかつ身内に理系の人間がいたら、学者はその身内に分析を頼むのではないですか」

陸の顔から笑みが消えました。

真直ぐな視線が、武智さんの顔にぶつけられます。

「これは宗教史だけではなく、科学史においても注目を浴びる論文でしょう。貴方が発表すれば、科学者・篠宮武智の功績になる。僕の推論、どう思います」

武智さんは憮然とした表情のまま、その問いに答えようとしません。

「児嶋さん。この子を説得するのは無理でしょう」

美佐子さんが、静かな声を上げました。

「私から訊いてみましょう」

老婦人が、杖で自分の身体を支えながら、トートバッグから何かが引き出されます。

「武智。これは何なのですか」

その場にいた人たちの視線の全てが、美佐子さんの持っている物に集中します、ビニール袋に包まれた、くすんだ緑色の何か。

その緑色に見覚えがあります。それは数日前、聖神社のムカデの像や銅鉱石と同じ色です。

「それ——鏡です。銅鏡の破片。私が篠宮教授に貸し出した」

安堂さんが、嗄声《させい》を上げました。

「武智。貴方の部屋にあったものですよ」

武智さんが血走った目つきで、自分の母親を睨みました。

「人の部屋を勝手に探ったのか」

「私も出来る事なら、こんな事はしたくなかった。息子を疑うなんて。でも、実際にこの鏡は、貴方の部屋にあった。武智、この鏡の破片を隠し持っていた理由は何ですか?」

武智さんは答えません。

「それ、貸して貰えますか」

陸が美佐子さんの傍に歩み寄り、鏡の欠片が入った袋を受け取ります。

「鏡の裏面に縁取りがある。三角縁神獣鏡です。この鏡面を詳しく分析すれば水銀と錫のアマルガムを検出出来るかもしれない」

陸が、今度は奈流美さんの傍に歩み寄ります。

「ここからは、僕の推測なのですが——おそらく武智さんは、この銅鏡の表面の元素を分析したことで、論文をお父様と自分との共著にしてもらえると思ったのではないですか。しかし、教授はそれを断った」

陸が、胸のポケットにしまっていた眼鏡を取り出して掛けました。

「篠宮教授は、安堂さんを再び研究室の後釜に据えるおつもりだった。踏み込んだ推測をするなら、教授は、論文を安堂さんとの共著にするつもりだったとも考えられる」

「私がですか——まさか」

安堂さんが呟きました。奈流美さんがその傍に寄ります。

「いえ、父は、来年度から、貴方を研究室の後継に据えようとしていたんです。論文の根拠となる鏡の破片を提供したのは泰斗さんです。充分にありえる事です」

「今後、大学の数はますます減っていくと言われている。どんな分野であれ、研究者はなるべく多くの論文を書き、実績を上げて、認められなくては生き残れない。武智さん、これも貴方が仰っていた事です」

陸が机の上のスマホを自分のジャケットの胸ポケットに収めました。

「武智。本当はね、私と母さんは、内心では当初から疑っていました。貴方が論文を盗んだのではないかと。でも、児嶋さんや翡那さんには言えなかった。そんな事考えたくなかった」

奈流美さんが険しい声を上げます。

「何よりも、盗みを働く動機が無いと思っていたんです。宗教学の論文を、専門外の武智が盗用は出来ないと思っていました」

陸が、今度は安堂さんの方に歩み寄りました。

「――僕にはね、お付き合いしていた安堂さんと奈流美さんが別れたのにも、武智さんが関係しているように思えるんですが」

陸は、銅鏡の破片をビニール袋ごと安堂さんに手渡します。

「別れたのは、私の判断ですよ」

安堂さんが、袋を受け取りながら乾いた声で言いました。

「ただ、随分以前、武智君に言われた事があります。『父は、自分の研究の為、妹を売った』と。篠宮教授は、鏡の欠片と引き換えに奈流美さんを私にくれてやったのだと。そこまで言われたら、流石に交際は続けられない」

「だから身を引いた――と、そういう事ですか」

「そんな綺麗事ではありませんよ。私も迷いました。でも、奈流美さんのように華やかな女性が、私のように暗い部屋で資料を漁って一日を過ごすような男――そんな男と交際している方がおかしいんです。この人には、もっと相応《ふさわ》しい相手がいるでしょう」

「バカ」

奈流美さんのごく小さな呟きが、私の耳に届きました。

「論文を盗用して発表するにせよ、この鏡の破片が根拠となる。これが、何処から見つかったものかを必ず問われる。ここで嘘はつけませんよね。『江戸時代から、安堂家の神社で保管されていた』という事実を言う他ない」

幼馴染が、武智氏へ問いかけます。

「教授の論文を自分のものとして発表するためには、安堂さんを取り込む必要があった。貴方は、今度は奈流美さんと安堂さんの橋渡しをして、安堂さんに恩を売ろうとした、そういう事ではないのですか」

武智さんの沈黙は、頑《かたくな》なほどです。

「教授が論文を書き上げるため、貴方も相当貢献したのでしょう。共著にして欲しかった。それは分かります。引退の近い教授よりは、御自分の成果にした方が、将来の為にもなったはずです。でもね。それならば教授を説得すべきだった」

陸がここで言葉を区切り、大きく息を吸いました。

「武智さん、貴方には、教授を殺害したという嫌疑もかけられるんです」

「何を——何を言っている」

沈黙を守っていた武智さんが、ここで明らかに動揺を見せました。

「あの——それ本当ですか」

「児嶋君、いくら何でもそれは」

奈流美さん、安堂さんが、それぞれ陸を問い質します。

「教授は、一つの事に集中すると周囲に目が行かなくなる方だったのですよね」

幼馴染の問いに、奈流美さんが頷きました。

「そしてあの喫茶店。お兄様が、大学前の喫茶店で待ち合わせをしている最中に、教授は交通事故に遭われた」

陸が机の上のビラを手に取りました。

「僕は、昨日、あの喫茶店に行って店員さんに話を訊いたんですよ。武智さんは、あの喫茶店から、よく電話を掛けていたらしい。電話越しに口論をすることも、しばしばだったと。この口論の相手は、おそらくはお父様――篠宮教授だったのでしょう」

中傷が書かれたビラが、小さく折り畳まれていきます

「やり方は簡単です。あの喫茶店は大学の正門を見渡せる。篠宮教授が道路を渡るのを見計らって、スマホから電話を掛ければいい」

折りたたまれたビラが、スマホと同様に胸のポケットに収められました。

「見通しの悪い、交通量の多い道です。教授が道路を横断している最中に電話をとり、そこで議論になれば高確率で事故に遭います」

「ふざけるな」

武智さんが両の掌で机を叩きました。机の上の手鏡、電気スタンドが、嫌な音を立てます。双眸《そうぼう》が見開かれ、その額に大きな血管が浮いています。

「私は、そんな事はしていない。父を殺したなどと――」

「水銀はギリシア神話ではね。ヘルメスという神様の象徴とされています」

「何を言っているんだ」

武智さんが叫びました。

無理もありません。父親殺しの嫌疑をかけられた上、脈絡が読めない突飛な話題を出されたのですから。

「ギリシア神話――ですか」

安堂さんが戸惑った声をあげます。

「小さな独立国家が並立し、多神教が信仰され、海洋貿易が盛んに行われていた。古代の出雲政権の状況は、ギリシアと似ているんです」

幼馴染が笑顔で弁明します。

「ヘルメスは雄弁で多才、狡知《こうち》で詐術《さじゅつ》に長《た》けた神様。水銀は、液体なのに金属光沢があり、様々な物質と反応して鮮やかな変色を見せ、そして毒物でもある。この得体《えたい》のしれない不可解な物質は、ヘルメスの性格をよく表してます。そしてね――」

陸がテーブルに伏せていた手鏡を取りました。

「このヘルメス、商売の神様でもあり、同時に盗賊の神様でもあるんです」

「何それ、全然、逆じゃん」

私は思わず口を挟みます。

「現在の感覚だと、そうなるよね。でも、中世以前の社会では、商人と盗賊の間に大きな差はなかった。水銀と同じように、もの珍しくて役には立つけれど、反面、得体のしれない危険な職業の人々と見做《みな》されていたんです」

陸が、メモ帳とペンを再び取り出します。

「黎明期《れいめいき》の社会では、交易は、嘘や暴力、人を出し抜く行為が伴うものだった。この仕事を行えるのは、武力を持った者かそうでなければヘルメスのように口が達者で、要領が良く。フットワークが軽く、嘘をつく事、他者を騙す事に躊躇がない。そんな人物だけです」

陸が安堂さんに視線を向けました。

「安堂さん、貴方は、黎明期の社会でヘルメスのような商売人になれますか？」

問われた男性が苦笑します。

「とてもじゃないが無理だよ。児嶋君は出来るかい？」

「僕にも無理ですね」

陸も首を横に振ります。

「日本でも——古代の出雲でも、当初は同じだった。因幡の白兎で、ウサギが鮫を騙し、鮫がウサギの毛皮を剝いだように、あるいはオオクニヌシの兄弟がウサギを苦しめたように、出まかせが蔓延《はびこ》り、弱者が騙され、弱みを見せればつけ込まれ、虐《しいた》げられるものだった」

「それは酷いですねえ」

美佐子さんが、嘆息しました。

「でも、オオクニヌシは傷ついたウサギを助けています」

陸が美佐子さんに笑顔を向けました。

「分かるでしょうか。おそらくは、オオクニヌシのモデルとなった人物が状況を変えたんです。遠方からの来訪者を保護し、善意と信用を前提とした取引が出来るよう努力した人物。当時の出雲には、そういう人物がいたと僕は思うんです」

ボールペンが手に取られました。

「その人物のお陰で、出雲では公正な交易が行われるようになった。ヘビ、ハチ、ムカデのような武力を持った者やヘルメスのような狡猾な者だけではなく、ウサギのような弱者でも交易に参加出来るようになった。『因幡の白兎』は、その歴史が反映された説話なんです」

陸がペンを持ち、開いたメモ帳に文字を書き込んでいきます。

メモ帳の上に『賀夜奈流美命』という文字が書き込まれました。

「オオクニヌシの子どもに、賀夜奈流美命《かやなるみのみこと》という神様がおられます。奈流美さんのお名前は、ここからとられたのでしょう」

続いて、メモ帳に『於褒婀娜武智』という文字が記されます。

「これで於褒婀娜武智《おほあなむち》と読みます。オオクニヌシの別名の一つです。武智さん。貴方のお名前はここからでしょう。貴方のお名前は、出雲大社の神様に因《ちな》んだものなんですよ」

名前が書かれたメモ帳を、陸が武智さんに示しました。

「オオクニヌシは、周囲に好かれる神様なんです。須勢理毗売《すせりびめ》、多紀理毗売《たぎりびめ》、神屋楯比売《かむやたてひめ》、多《た》岐都比売《ぎつひめ》、八上比売《やかみひめ》、鳥取神《ととりのかみ》、綾門日女《あやとひめ》、真玉著玉之邑日女《またまつくたまのむらひめ》、八野若日女《やのわかひめ》など多くの女神と結ばれ、一八〇柱もの子どもの神を儲けたとされています」

メモ帳が閉じられます。

「女神だけではありません。少名毗古那神《すくなびこなのかみ》や大物主神などの男神、蟇蛙《ヒキガエル》や鼠《ネズミ》、貝などの動物、果ては案山子《かかし》までもが、この神様を助け、その国造りに協力します」

陸が、机に伏せられていた魔鏡を手にとりました。

「オオクニヌシは、ヘビやハチ、ムカデ——つまり、鉄や青銅、水銀を採掘し精製する人々と領巾で取引をしている。ウサギのような、海を渡って出雲にやってきた来訪者を、保護し、歓待している」

陸が一度、鏡を自分の顔に向けました。

「分かるでしょうか。公正な取引のルールを設け、利益を分かち合う。そんな道徳を作った神様なんです。武智さん。お父様はその神様の名に因んだ名前を貴方に付けたんです」

ゆっくりとした歩調で、武智さんの傍まで歩み寄ります。

「遠い昔、私達の先祖は、鏡にはその人の魂が映るものと考えていました」

鏡が武智さんに向けられました。

「今、この鏡の中にあるのは、貴方の魂です。御自分で見て下さい。貴方の魂は、鏡にどのように写っていますか」

武智さんは、何も言いません。

その口を僅かに開いたまま、鏡の中を凝視しています。

「武智」

美佐子さんが、静かに言います。

「奈流美が、パソコンのデータを詳しく解析する業者さんを知っているそうです。貴方のパソコンを、その業者さんに預けます。いいですね」

「ああ」

覚束《おぼつか》ない声で、返答がありました。

＊　＊　＊

「この写真を見て下さい」

パソコンの画面に、幾人かの人の靴。そして靴に踏まれた石畳。

その石畳には奇妙な図形が描かれています。直径三mほどはある大きな円の中にやや小さな円が三つ入っている図形です。

「この円は出雲大社で発掘された宇豆柱《うずばしら》の跡を記したもの。ええ、三本の大木を一つにまとめた柱。現在の本殿の前、丁度、この場所で発掘されたんです」

「これが見つかったから、かつての出雲大社が一六丈を超えていたという言い伝えが学説として認知されたんですね」

奈流美さんが、落ち着いた返答をしました。

「元伊勢って所にも行ってみたのよね」

二人の会話に私も加わります。

「全部はまわり切れなかったよ。元伊勢があったとされる場所の周辺に水銀の鉱山跡があるか、確認したかったのだけれど」

ここは、陸と姉が暮らすアパートのリビングダイニング。テーブルを囲んで、陸が、パソコンを大きなモニターに接続して、旅行で撮ってきた画像を私達に見せているのです。

「お茶どうぞ」

姉が、緑茶の入った湯呑《ゆのみ》をお盆に載せて持ってきました。

「ありがとうございます」

奈流美さんが、笑顔で湯呑を受け取りました。

「父の論文の内容は、ほぼ、児嶋さんが言った通りでした。結局、自分から白状しましたよ。武智は父の論文を自分のもののように書き換えている最中でした」

そう言うと奈流美さんは、お茶で唇を湿らせます。

「研究室の方々と相談して父の論文は、安堂さんが、加筆して発表する事になりました。これで研究室の存続も期待出来そうです」

「それは良かった」

「でもね。武智は、その——父を殺害したことについては、認めていません」

「そうでしょうね」

幼馴染が、あっさりと返答します。

「本当のところ、僕も、弟さんが教授を殺害したとは考えてはいません。もし、あんな方法で殺害したなら、すぐに警察に捕まります」

「え、じゃあ、ハッタリ。陸が言った事ってハッタリなの」

陸が頷きました。

「ああでもしないと、武智さんは自分のやったことを、素直には話さなかったと思う」

私は、湯呑を持っている奈流美さんの手元を眺めながら聞きました。

「武智さんのやった事、警察には知らせたんですか」

「いえ」

奈流美さんが首を小さく横に振ります。

「その——言い難い事なのですが。児嶋さん、衿角さん、弟も反省しているようです。今回は見逃して貰えないですか？」

　私は、幼馴染の顔を見ました。

「陸、どうするの」

「見方を変えるとね、今回の件は遺産争いが拗《こじ》れたようなもの——そう受け取ることも出来る。ご家族が納得している以上、外部の者があれこれ言う事ではないよ」

　姉がキッチンにトレイを置いて戻ってきました。

　椅子に座っている陸の後ろに立ち、パソコンの画面を覗き込みます。

「ね、陸。この神社——出雲大社に参拝してきたんでしょ。神様に何を頼んできたの？」

「願い事ではなくて、僕はお礼をしてきました」

「お礼？」

　陸が頷きます。

「ええ。神様に良い御縁を取り持って頂いたので」

「ああ、今のお仕事の事？」

「仕事もそうですけれど——」

「へぇ。他に、神様に感謝したくなるような御縁があったの」

　姉が、同棲相手に問います。

　幼馴染が、小さく肩を竦めました。

「秘密です」

「どうしてかなぁ。私、ちゃんと口に出して言って欲しいな」

「意地悪な質問をしないで下さい」

陸が姉の額を、肩越しに人差し指でつつきました。

「私も時間を作って、出雲大社にお礼の御挨拶に行かなきゃなりませんね」

奈流美さんが、湯呑から手を離し、モニターに向けて手を合わせながら言いました。

「良い御縁でもあったんですか？」

「その——私、泰斗さんと、もう一度、お付き合いすることになりました」

綺麗な女性が、夢見るような表情で言いました。

「泰斗さんというと、安堂さんですよね」

「ええ」

奈流美さんが俯き加減で肯定します。

「おめでとうございます」

姉が甲高い声を上げました。

「ちょっと待って下さい」

あの貧相な男性と、目の前の端麗な女姓とは、頭の中で、どうしても結び付きません。

「お嫁に行くより、お嫁さんが欲しいって言ってませんでしたか？」

「ごめんなさいね。出雲大社に行ったら、翡那さんにも良い御縁があるように、神様にお願いしてきますから」

素敵な女性が、私に向けて手を合わせました。

「謝らないで下さいよ。それじゃまるで私が、僻《ひが》んでいるみたい」

「実際、僻んでいるんじゃないの？」

「こら、陸」

「怒るところが怪しい」

「なんだとぉ」

「共著は無理でしたが――」

私達のやり取りを華麗にスルーして、奈流美さんが話を進めます。

「泰斗さんは、論文の『謝辞』に、弟の名を入れるように取り計らってくれました」

「安堂さんらしいな。良い判断だと思いますよ」

陸が返答します。

「利益や栄誉を他者と分かちあう事、成果を挙げた時、それを独占しない事。オオクニヌシのモデルになった方々が、後世の日本人に伝えてくれている道徳ですよ」

「ね、陸。神社の写真、もっと見せてよ」

「では、参道から」

姉に言われ、陸がパソコンのマウスを動かします。

モニターに次々と出雲大社の風景が映し出されました。

「きゃーー。何ここ。何ここ。天国？」

一つの画像が現れた時、姉が突如、歓声を上げました。

ウサギと藤の花――画面の上半分を、満開の藤の花が占拠しています。棚から下がる多数の可憐な薄紫の花の下に、二〇羽ほどの可愛らしいウサギの石像が並べられているのです。

大きなウサギは二羽、それらに鼻先を向けて、小さなウサギが集っています。

木漏れ日の中、今にも鳥の囀《さえず》りが聞こえ、涼し気な風が肌に感じられそうな光景です。

「天国ね。ここ、ウサギ天国」

「これは、参道の手水舎の手前あたりです」

「これって、出雲大社の敷地内にあるの？」

「そうだよ」

陸が頷きます。

驚きました。格式の高い神社の敷地内に、このような可愛らしい情景が広がっているとは考えもしませんでした。

「ウサギの像は他にも沢山あって、一通り撮影してきました」

幼馴染が、再びマウスを操作します。

「ほら、これ見て下さい」

「きゃー。ウサギが、お酒を呑んでいる」

「可愛いらしいですね」

二匹のウサギが、それぞれ盃と徳利を持ってお酒を酌み交わしている姿の石像でした。

「可愛いけど、いいの？　神社でこんなの。不謹慎じゃない」

「翡那さん。真面目ですね」

「これは誓いの盃を交わしているところ。別に宴会をしている訳じゃないよ。出雲大社は縁結びの神社だから、これでいいんだ」

陸が別の写真を画面に出します。

「お気に召さないなら、こっちはどうかな。こちらは、出雲大社の拝殿」

建物の入り口に、驚くほど太い注連縄が渡されています。

「注連縄、すごいね」

「隣の敷地の神楽殿《かぐらでん》の注連縄はさらに太いよ」

陸の手が、再びパソコンのマウスの上に置かれました。

「それから、これは――」

陸の言葉とほぼ同時に、モニターに画像が現れました。

激しい大波に浮かんでいる金色の球体を、古式ゆかしい服装をした男性が両手をあげて拝んでいる様子です。

「これはオオクニヌシの『ムスビの像』です。この金色の球は幸魂奇魂。オオクニヌシがオカゲというものを受け取って、結びの神様になった様子が再現されています」

マウスを操作する陸の手の上に、姉が自分の右手を重ねました。

「それよりも、今、大事なのはウサギよ。ウサギ」

「私も、ウサギさんが見たいですねぇ」

奈流美さんも、嬉しそうに画面を覗き込みます。『花より団子』なんていいますが、ここでは『神様よりウサギ』ですね。

フォルダの中のそれらしきアイコンを、姉が次から次へとクリックしていきます。リアルな像からコミカルなものまで、様々なウサギの像が画面上に現れてきました。

「私、これが好きです」

勾玉にウサギがキスしている画像で、奈流美さんが呟きます。

「それは、出雲大社の隣にある博物館の敷地にある像ですよ」

「あ、ウサギが勉強してる」

私の目に留ったのは、ウサギが文机の前で筆をもって座っている像です。

「神楽殿の裏手、天満宮《てんまんぐう》にあったウサギだね」

「私、これ。これがいい」

姉によって画面に表示されたのは、ネコとウサギが一緒に帆船に乗っている画像です。

「それは、確か金刀比羅宮《こんぴらぐう》の前にありました」

「皆、好みが分かれますねえ」

「陸の好きなウサギはどれ？」

「僕は、これですかね」

陸が、再びマウスを手に取って画面に呼び出したのは、数羽のウサギたちが、背を向けて並び神社の建物を見上げている画像でした。

勿論、可愛いのですが、それらのウサギは何か動作をしているわけではありません。上を向いているだけ。他に比べれば、ごく普通の像です。

「これがいいの？　どうして」

「この場所は本殿の裏手。このウサギは本殿を見上げている。そしてね。本殿にはオオクニヌシがおられる」

陸がテーブルに左肘を乗せ、頬杖をつきます。

「助けられて嬉しかったんでしょうね。このウサギたちは、かつて自分を助けてくれたオオクニヌシを今でも慕って、本殿の外から拝んでいるんです」

「そっか。なるほど」

「児嶋さん、結構、ロマンチストなんですね」

奈流美さんが揶揄《からか》います。陸の口元が緩みました。

「――オオクニヌシは思い悩み、葛藤する神様です。兄弟に苛められる。妻に浮気を咎められる。助言者であるスクナビコナがいなくなると激しく落ち込む。神様なのに人間的で、その弱さを隠さない」

陸が立ち上がりました。その頭が、モニターに二回下げられます。

「動物や女神に支持される一方、この神様は兄の神達に憎悪され、二度、殺されています。オオクニヌシのモデルになった人物の中には『公正な取引』のやり方が確立するまで、身内からも疎まれ、疑われ、傷つき、犠牲になった方もいたのでしょう」

話しながら、陸の両手が胸の前で合わされます。

「でもね。理想をもって生き、苦悩しながらも、利益や栄誉を分かち合う事で社会を発展させた人は、やはり、感謝されるんですよ。理想を目指しながらも、その中途で犠牲になった人達は語り継がれ、やがて一柱の神様になりました」

パン。パン。パン。パン。

陸の手が四回打ち鳴らされました。

これは出雲大社での柏手の打ち方。通常の神社では、柏手は二回。でも、出雲大社とその系列の神社では四回なのです。

画面に向けて、もう一度、陸の頭が下げられます。

姉が、極上の微笑みを浮かべて、陸の右腕に自分の両手を絡めました。首を傾けて、同棲相手の肩に頭を載せます。
それから、姉は、小さな子どもに語るような声でゆっくりと歌い始めました。

大きなふくろを　かたにかけ
大黒さまが　来かかると
ここにいなばの　白兎
皮をむかれて　あかはだか

童謡の『大黒様』です。
歌い終わると、姉は陸の腕を抱えたまま、奈流美さんに視線を送りました。
奈流美さんも、微笑みながら澄んだ声で歌い始めました。

大黒さまは　あわれがり
きれいな水に　身を洗い
がまのほわたに　くるまれと
よくよくおしえて　やりました

歌い終えた奈流美さんと姉が、今度は私を見つめます。
私の番という事でしょうか。私も息を吸い声をあげます。

大黒さまの　いうとおり
きれいな水に　身を洗い
がまのほわたに　くるまれば
兎はもとの　白兎

姉、奈流美さん、それに私と目が、今度は陸に集中します。
幼馴染が困惑した表情になりました。この人、こういう演出めいた事は苦手なんです。
姉が、口を尖らせて陸の片腕を引っ張ります。
陸は苦笑し、観念したようにゆっくりと歌い出しました。

大黒さまは　たれだろう
おおくにぬしの　みこととて
国をひらきて　世の人を

たすけなされた　神さまよ

「はい、良く出来ました」

姉が嬉しそうに幼馴染の頭を撫でます。子どもの頃と変わらない、姉の褒め言葉です。

「神様は、人の目には見えません」

照れ隠しのつもりなのか、陸が口を開きます。

「だけど、人々に恩恵を施してくれる。古代の日本人はそう考えました——ええ、これは本当の事ですよ」

画面に向けて言葉が続きます。

「現に僕達は、この神様から恩恵を受けている。古事記のオオクニヌシのモデルとなった何人かの人物。名の知られていないその人達が作った『公正な取引』という道徳。その恩恵を受けて、今、この国で生きているのですから」

私は、モニターに再び目を向けました。

そこには出雲大社の本殿を見上げるウサギ——かつて自分を助けてくれた恩人——神様になったその人物を、今も慕い続けてるウサギ達の姿がありました。

《参考文献》

『狩蜂生態図鑑 ハンティング行動を写真で解く』— 田仲義弘 全国農村教育協会
『古代の朱』— 松田壽男 筑摩書房
『真言密教と古代金属文化』— 佐藤任、堀井順次、本城清一、柚木伸一、若尾五雄 東方出版
『新版 古事記 現代語訳付き』— 中村啓信 KADOKAWA
『多足類読本 ムカデやヤスデの生物学』— 田辺力 東海大学出版会
『丹生の研究 歴史地理学から見た日本の水銀』— 松田壽男 早稲田大学出版部
『日本昆虫目録〈第9巻〉膜翅目』— 日本昆虫目録編集委員会 日本昆虫学会
『日本のカメ・トカゲ・ヘビ』— 松橋利光、富田京一 山と溪谷社
『蛇 日本の蛇信仰』— 吉野裕子 講談社
『物語日本の土木史—大地を築いた男たち—』— 長尾義三 鹿島出版会
『邪馬台国は「朱の王国」だった』— 蒲池明弘 文藝春秋
『大和誕生と水銀 土ぐもの語る古代史の光と影』— 田中八郎 彩流社

本書は書き下ろしです。

PROFILE

浜矢スバル

岩手県出身、室蘭工業大学卒業。
棲家は定まらず、東北の各地を転々としている。
日本の少子高齢化を嘆きつつも、未だに独身子無し。
いずれ故郷の山に引きこもって、仙人か妖怪になるつもり。

本書の前日譚が描かれた
『翡翠の姫は夢を見る』（Ⅲ・Ⅳ）も電子書籍で発売中。

ヘビ、ハチ、ムカデは至宝《しほう》を隠《かく》す

著　者	浜矢《はまや》スバル

2021年12月24日　初版発行

発行者	鈴木一智
発　行	株式会社ドワンゴ 〒104-0061 東京都中央区銀座4-12-15 歌舞伎座タワー ⅡⅤ編集部：iiv_info@dwango.co.jp ⅡⅤ公式サイト：https://twofive-iiv.jp/ ご質問等につきましては、ⅡⅤのメールアドレスまたはⅡⅤ公式サイト内「お問い合わせ」よりご連絡ください。 ※内容によっては、お答えできない場合があります。 ※サポートは日本国内のみとさせていただきます。 ※Japanese text only
発　売	株式会社KADOKAWA 〒102-8177 東京都千代田区富士見2-13-3 https://www.kadokawa.co.jp/ 書籍のご購入につきましては、KADOKAWA購入窓口0570-002-008（ナビダイヤル）にご連絡ください。
印刷・製本	株式会社暁印刷

ISBN978-4-04-893095-6　C0093
Printed in Japan